GAEA

Gaea

超幸福死神

林明亞——著

超幸福死神

目錄

本故事發生於與現實世界極度相似的架空世界，劇情純屬虛構，如有雷同實屬巧合。

第1章
魏氏死神

我是一名小說寫手，第三、第四流的那種。

從來沒有寫出話題性作品……不，我連書局的排行榜都沒上過，引不起什麼討論度，銷售量自然是跟我的存款一樣低。總覺得我的作品就是出版社編輯用來向老闆證明自己有在工作，這個月又產出多少書的「數據」。

身爲寫手，我的優點是好用又不黏牙，交稿的速度快而且穩定，對未來沒多少期望，不會成天纏著編輯說作品要多少宣傳費、要開幾場簽書會，反正稿費有準時入帳就可以，出版社辦的春酒忘記邀請我也無所謂。

身爲寫手，我的缺點就是……寫出來的故事不好看。

嗯，眞是致命的缺點。

關於這點編輯唸過我許多次，說我每次都讓故事的結局硬是扭轉成皆大歡喜的手段太刻意、太拙劣，事實上順勢讓故事悲劇收場反而能感動人心。

但是沒辦法，我就愛happy ending。

大部分的人生都太苦了，沒必要再看一個苦的故事。

如今，我揹著登山包，負著値錢的家當與生活必需品坐在深夜的咖啡館。

我通知雙親與編輯說自己要出外取材一段時日，編輯說寫後宮輕小說的作者是須要取什麼材，雙親則擔心我是不是得了什麼絕症，至於還找不到人的姊姊，就懶得再通知了。

原本希望用眞正的理由說服他們，但明顯會得到反效果。

我總不能告訴他們，有一個自稱來自天庭的男人，在我的休養期闖進家中，以超現實的力量控制我的雙手，寫出《超惡意財神》、《超無聊窮神》、《超殘虐愛神》各自上、下兩集共六本小說。

一開始說是希望藉由文字讓人們知道神明的工作過程，沒想到最後又說我寫下的故事並非虛構，而是記錄著過去與未來的事實……

最終的結尾是謝律師因為女兒逝世、悲憤地想要世界陪葬，毅然決然地釋放原本要走私到中東地區的生化戰劑。

擁有極強傳染力的病毒會席捲整個台灣，我也在不幸的死亡名單中。

這段劇情是在講述未來，但我有點半信半疑……現代的醫療科技怎麼可能會有無法攻克的病毒？又不像一百多年前，科學發展不足才出現間接導致第一次世界大戰停止的西班牙大流感。

因為病毒傳染，所以病死數以萬計的人？

有可能嗎？

嗯……不過名列死亡名單的我，實在是沒勇氣去挑戰天庭說出的話。

他極有可能是眞正的神。

而且是至高無上的那種層級。

透過故事，我大概知道有一位名爲樂芙的愛神，工作時間太過漫長，過勞的腦袋產生奇怪的思維，試圖挑戰天庭的極限，於是她以「人」的命運當作戰場，挑釁地引天庭出手干涉，用「人性的選擇」來評判最終的結果。

沒想到天庭只是選定了我介入這團因果，自己就拍拍屁股走人……

這類被神欽定的輕小說，我讀過不知道多少套，神通常會給主角特權、神器、超能力之類的東東……啊我只有自己用印表機印出來的六本未上市小說。

「這是在開什麼玩笑……」我忍不住抱怨，反正深夜的咖啡館沒其他的客人。

天庭選中我，應該是有更深的原因吧？

手端起咖啡杯，啜一口冷掉後更苦的深色液體……腦袋開始進入思索模式，這是我卡稿時訓練出來的獨特技能，全身不動如石雕呆坐，讓體力與熱量全部供給大腦，再用最苦澀的咖啡因刺激，將思維加速到更高的境界。

不過店員很討厭只點一杯黑咖啡就坐半天的客人。

開啓筆記型電腦，我吃飯的傢伙兼忠誠的夥伴，不過現在不是要寫稿，而是要用我不熟練的人肉技術去搜尋幾個關鍵人物。第一個是「鬼哥」，嗯，果然這種中二病的稱呼，就算我翻到一百二十頁也找不到相關的訊息。

天庭給我的超能力，會隨著時間慢慢減弱，故事的預言有可能會一件一件實現，也代表我能扭轉不幸結尾的可能一直在降低。

不能放棄，我立刻再搜尋「旗老」……

「……等等，這人居然有維基百科？」

我茫然地點開這老傢伙的專屬頁面，果然是走黑道漂成白道的傳統路線，過去曾經當過多屆的市代表，現在是多家砂石場、水泥廠的老闆。

再重複看幾遍，沒有記錄他跟金四角的關係，恐怕沒多少人知道他是台灣最糟糕黑幫的實際掌權人之一。

既然如此……我突然想到一個不錯的點子了。

「嗯。」

我的座位前方是面向馬路的玻璃帷幕，晨光穿透而來，沒有溫暖，僅僅帶著一絲絲的冷意。

在店員冷眼的低溫超過我的負荷之前，趕緊收拾了行李，把流浪用的家當全塞進登山包，裝作若無其事的模樣走出店門。

沿著人行道不斷地行走。

轉一個彎，過一個馬路。

我繼續走，然後在某一棵行道樹旁止步。

終於到達目的地了，情緒開始塡滿胸口。

沐浴在漸暖的日光中，伸了一個大大的懶腰，肚子也開始咕嚕咕嚕叫……

「來吃個……蛋餅吧。」

我淡淡地笑了起來，嘴角宛若此刻「安穩早餐店」緩緩拉起的鐵捲門。

「果然……都是眞的。」

□

閱讀過千百遍的安穩早餐店。

文字上描述得再詳細，都與我實際坐在這吃一頓的感覺相差甚遠。從先前的故事當中，我會認爲安穩早餐店充滿陰暗的氣息，能在空氣中聞到血腥或者腐臭的味道。

事實上用餐環境相當平凡，平凡到不值得一提。

不過，早餐店的氣氛有一點點怪異。

我的玉米蛋餅中夾的是火腿，一見價目表上的火腿蛋餅比玉米蛋餅貴五元，於是我也不願抗議免得打破怪異卻又平衡的現狀。

必安站在煎台前，臉有夠臭，服務態度有夠糟，我搜尋「早餐店」然後將星星數從低至高排序，安穩早餐店立刻就跳出來，裡面的評語諸如「老闆娘的臉比水溝還臭」、「一走進去便以爲自己欠老闆兩、三百萬」、「被員工說我長得比培根還油，導致我去看身心科」、「一邊看老闆娘罵人、一邊吃的用餐環境」……

嗯，這早餐店不倒的原因，就是靠地下室的特殊業務吧。

按照時間線來看，目前大傻已經知道必安的滅屍工作，而且必穩帶燦燦回家避難，必安無法接受這種禍源，姊弟倆正在冷戰，誰都不願意先退一步。

所以必穩與燦燦估計就在二樓躲著，這個早上是必安近期最後一次開店了。

目前鬼哥的走狗正在附近觀察等待機會，或許正常開店以不變應萬變是最好的選擇，畢竟店內有客人，要尋仇也比較有顧忌。

「這是你的奶茶。」

綁著粉紅色雙馬尾，加上水手服的獨特造型，眼前送上奶茶的少女，雖然臉是笑的，但那種笑容眞比美女推銷信貸的廣告傳單還廉價。

我就先不問，主餐都吃完十分鐘，飲料才送上來是怎麼回事。

「不好意思，請問……」我非常謹愼地挑選每一個用詞。

「不好意思，沒辦法給你我的聯絡方式。」傳說中最古老的愛神開口。

「呃……」

「不行，你就算想用十萬元的現鈔引誘我也不行。」

「呃……」

「不用擔心，主要是我心有所屬了，並不是你不好。」樂芙刻意抬高音量。

果然引起必安大罵道：「這種時候妳就不要再添亂，混蛋。」

「這種時候？」我適度地裝傻。

「嘻嘻，還是你要我們老闆娘的聯絡方式？她目前單身，嚴重缺愛所以脾氣很大。」

「對、對的，脾氣很大。」恰好過來拖地的大傻頻頻點頭。

「信不信我折斷這支鍋鏟，分別塞進你們的嘴裡？」必安不像是說說而已。

樂芙吐吐舌頭，準備收走我的空餐盤……

我著急地問：「請問，等等下班，我們可以談談嗎？」

「討厭……」樂芙甜甜地笑了，像是含有氰化鉀的草莓蛋糕，「就說人家心裡有人了嘛。」

「不是、不是的，雖然妳很可愛沒錯，但我不是要……」

「喂，東西吃完就可以滾了吧。」必安冷冷道：「難道真的要逼我踢你出去嗎？」

完了，出師不利……明明給他們的第一印象一定要是最溫和的，才有辦法以和順的手段悄悄改變未來的命運，唉，搭訕跟裝熟這種高深的技術，對於容易孤獨死的寫手來說太難了。

好幾道視線突然集中在我身上，連用餐的客人也覺得我故意挑可愛的妹子約見面很噁。我尷尬地站起來，滿腹的委屈說不出口，不，其實就算說出口，必安、大傻也不會相信，更別說其他的客人。

大傻歪著頭，呆滯地看著我，宛若我是在場的第二個傻瓜，同情我在這種時刻自願用生命去堵必安的槍眼，免不了身軀炸開一朵血花的下場。

經過他的提醒，我認識到必安眞正的形象，明明是二十歲的少女，卻透過一身黑的裝扮硬是武裝起自己，將所有人阻隔在外，拉出冷冰冰的距離，沒有人能眞正地靠近她。

染成金色與咖啡色的漸層短髮，像是快鏽掉的層層刀片，已經用了太久，被消磨得再也沒有鋒利的氣息。必安是一把經歷得太多、慢慢鈍掉的刀。

然而，我現在離開早餐店，恐怕就沒有辦法再回來。

樂芙不愧是天生的演員，現在雖然還是笑笑的，但那種笑已經轉化成尷尬且略帶著恐慌，彷彿我下一秒鐘就會脫掉褲子向她展示我的威猛寶貝。

其實有看過《超殘虐愛神》就會知道，愛神是一團粉紅色的迷霧，只要走進去便會進入她創造的謎團，比方說死神，就是因爲這樣才成了世界浩劫的幫凶，一步一步地跟隨愛神的意識造孽。

不行吶，我不行走錯任何一步……

也不能退縮。

「不不不，誤會了，其實我認識樂芙，不過是想打個招呼。」

「這種『小姐我們是不是認識』的搭訕方式從我祖父那一代就不使用了喔。」樂芙善意提醒。

「不是啦，我們眞的認識，我相信妳也認識我啊。」

「如果只是同人場上有過簡單的交流，不能算是認識哦。」

「關於這點禮儀我還是知道的。」

「所以您貴姓？到底是誰？」

「我眞正的名字不重要……」

「……」

「不過你們都叫我『天庭』啊。」

現在，該換我笑了。

要玩沒關係，大家一起。

我絕對不會走進愛神的粉紅色迷霧，反之，我要將她拖出來。

□

愛神沒有承認。

她隱藏得很好，即使在眾人面前依然裝傻說「什麼天庭眞的沒聽過耶」，但實際上那短短零點一秒的錯愕，我還是看得一清二楚，震驚與慌亂交錯而成的眼波流動，證明我背包內的故事是對的。

被必安趕出早餐店之後，我端著一杯奶茶蹲在未開張的情趣用品店前，背靠在封閉的鐵捲門，發出輕微金屬碰撞的聲響，面無表情、凝滯不動，靜靜地等待……神明有自由進出兩界的能力，說不定愛神此時此刻就在觀察我。

不，她一定在觀察我。

果然，愛神沒有讓我等太久，慢慢地從街角走來，維持著「人」的設定。

當她走到我面前，正好遮住了陽光，我整個人都被籠罩在她的陰影中。

抬起頭，甚至不能看清楚愛神的面容，只見那對染過色的雙馬尾，隨著風徐徐地前後擺盪，如同一對殺人不眨眼的血滴子。

愛神遞過來一份早餐，用我無法分辨情緒的口吻說：「只吃一份蛋餅怎麼夠呢？這是我親手做的，趕緊吃吧。」

嗯，我不敢吃。

但也只能說「謝謝」收下，面對神明我沒有太多的選擇。

「看你傻傻的模樣，怎麼會突然說出這種怪名字？」愛神在我身邊蹲下，雙腿夾緊裙襬，雙手抱膝。

「天庭是很怪的名字嗎？」

「嗯呀，那你姓什麼？王天庭還是陳天庭？」

「我覺得妳不用試探……」我喝著奶茶。

「……」她瞇起雙眼。

完全不知內情的行人在我們面前走過來、走過去，大概覺得我們像蹺課的大學生，只是找了一個奇怪的地方打發時間。

「我可以很坦白說，我是從那一道巨大的門，走出來的人。」

「……」她睜大眼睛。

「是的，我是天庭。」

「眞的嗎？」

「眞的喔。」

「嗯……」她點點頭，刻意拉長尾音。

這道尾音讓我困惑了，但我尚未想清楚是怎麼回事，愛神又再度開口……

「請問天庭，找我有什麼指示？」

「我想找到老魏。」

「那就奇怪了，天庭爲什麼要透過我找神呢？」

「因爲我只是天庭的一個部分。」我臉不紅氣不喘地說。

「喔喔喔喔。」從愛神小巧的櫻唇當中聽見這種不知所謂的怪聲，眞討厭。

「妳只要幫忙轉達一聲就可以了。」

「不過，還是有一點覺得很奇怪……」

「哪一點？」

「老魏明明就站在你面前，爲什麼不直接說呢？」愛神的殺球來得又快又急……

我沒有半分猶豫，直接道：「他不在，我說過了，妳不必再試探。」

「嘻嘻，開個玩笑嘛。」愛神淘氣地問：「爲什麼要找老魏？難不成是找不能幫的忙嗎？」

「老魏……他得到年度最佳服務態度獎，所以會得到我們給予的業績幫助。」

「業績幫助？」

「是的，我們會用更高次元的天庭視角，直接告訴他哪裡有業績可以賺取。」

「這、這個也太棒了吧！」

「最新的政策是我們希望可以鼓勵更多的員工……」

「我也要！」

「呃。」

「爲什麼人家沒有？」愛神抱住我的左手臂不斷地搖晃，嬌嗔道：「不公平、不公平，老魏那一張死人臉是能有什麼服務態度可言啊？」

「……」我左搖右晃著，似乎這輩子沒被女生這樣撒嬌過。

「拜託、拜託。」

「妳、妳如果更努力地牽上良緣，一定也有機會的。」

「可是我……無論多麼努力，總覺得都沒什麼意義。」愛神的語氣慢慢變了，

「這個時代的愛情，品質眞的太糟糕。」

「所以妳不相信愛情嗎？」我轉過頭問。

「……」

「妳只相信親手淬鍊過的愛吧……」

「……」

「身爲最古老的愛神，有職業倦怠的問題很正常，妳不用太難過。」

我沒說錯，愛神會漸漸瘋狂完全是因爲漫長的光陰及反覆不定的人性。我是不懂整個神明世界的運作方式，畢竟手上的六篇故事對此並沒有太多著墨，但是以百年爲最小單位的工作時間，絕對是違反了神明版本的勞基法吧。

一樣是被天庭奴役，同情心告訴我愛神不是什麼失控的女魔頭。

「……」她緩緩地放開我的手臂。

我老實地說：「我是個寫小說的人，寫過那麼多本書，也會覺得非常倦怠，懷疑自己，懷疑自己寫出來的東西有人要看嗎？懷疑自己的寫作生涯到底何時該結束……」

「你……」

「雖然說得自己好像很厲害，但我出道至今不過區區十年，而妳卻堅持了上千年。」我聳聳肩，自嘲地笑道：「妳的痛苦，我無法想像。」

「……你到底是什麼？」愛神沒有守住制式嬉笑神情，皺起眉，凝重。

「我明白妳一定會很困惑，不懂爲什麼會莫名其妙跑出我這種怪東西。」

「你究竟是誰？」

「我是個……喜歡happy ending的寫手。」我說。

愛神沒有再追問了，她面無表情，像是突然摘掉面具的演出者，一時之間忘記要做出表情。

我不會是那種靠著清澈雙眼與一身正氣就能說服對方的主角，奢望她聽我說幾句肺腑之言就恢復理智顯然是不切實際的妄想，不過從這個瞬間起，我正式干涉了他們的因果，介入了這段不幸的命運。

或許現在愛神滿腦子都是問號吧……

即便如此，未來，也請多多指教。

□

深夜，十字路口。

我的右手邊是眞金路、左手邊是文回路，我就坐在兩條道路切割出的四塊人行道轉角區域之中，一根消防栓上面。

老實說眞的很不好坐，屁股感覺痛痛的，不過我舉著一個撿來的廣告招牌，有東西可以坐，也總比站著好。

畢竟是這個時段，別說是行人了，連車流量也少得可憐，我孤伶伶地舉著「老魏請找我」這五個大字，不知道被多少路人當成是神經病，直到天色漸漸黯淡無光，剩滿天的星斗相伴。

可是，我沒有離開。

因爲我知道，老魏一定會來。

「你究竟是何方神聖？」我的背後冒出了一道滄桑的聲音。

「爲什麼你們都愛問我這個問題？」

「我在這個塵世，就沒見過這樣子的人類……好奇也是正常的。」

「明白了。」我轉過身去，一見死神的廬山眞面目，「初次見面，死神，你好。」一輛摩托車呼嘯而過，改過排氣管的刺耳噪音幾乎蓋過我親切的招呼，死神的臉龐如無波的古井，沒有光芒的雙眼射出一種穿透靈魂的視線，似乎想探究我的眞實思維，判斷我說的是眞是假。

死神的確如書中描述，像一位隨時會被資遣的上班族，灰灰縐縐的襯衫，凌亂無章不能分辨是何種造型的頭髮，歷經滄桑的鬍碴述說著一股倦意……即便如此，他給我的感覺是疲憊，而不是無能。

不能大意。

「我從未聽過什麼年度最佳服務態度獎……」死神開口，幽幽地問：「去年是誰得獎？」

「這是我們新設立的獎項，目的是要鼓勵……」我的話說到一半……

「這些鬼話樂芙已經轉述，你不必再講一遍。」

「好的。」

「人類……你真的明白自己在跟什麼打交道嗎？」

「死神，你真的知道自己是在跟誰說話嗎？」

「我不信你是天庭。」死神不假思索。

「沒關係。」我習慣性地聳聳肩，「我只有一個請求，另外順便給你獎勵。」

「什麼請求？」

「我希望在一個月內，你都不要動用死神的殺生神權。」

「……原因？」

「如果我說這是命令，你能接受嗎？」

「不能。」

「那就當成是我任性的請求。」

死神沉默片刻，又道：「人類，從一種奇怪的角度來看，我們都是命運的部分，我們的神權使用與否，會帶來許多的後果，有好的後果，當然也有極其嚴重的後果，所以，不要試圖影響我們，你無法承擔這種責任。」

「來不及了。」我輕輕地說：「我沒有惡意，對任何人事物都沒有惡意，你不須要太過於警惕。」

「立場對調，你也不信。」

「好吧，那我就先爆雷了……就在今夜，鬼哥的復仇便會啓動，早餐店會被貨車撞得稀巴爛，引發小規模的瓦斯氣爆，躲在地下室的大傻會捨身保護必安，愛神種下的情愫也因此發芽……」

「……」

「愛神會得逞，你會殺掉某個女人，世界會迎來浩劫。」

「我開始懷疑，你就是個妄想症患者，不過碰巧說對幾個關鍵名詞才唬住了樂芙。」死神啞然失笑。

「你會輸的。」我同情地說。

「輸？」

「你與愛神的賭局必然會輸。」

「……是樂芙告訴你？不……我懂了，是她派你來整我的。」死神憎惡道：「回去轉告她，不要利用人類玩這種無聊的把戲，干涉塵世的罪過，城隍一直在看。」

「這不是什麼整人遊戲。」我語氣篤定。

「我根本就沒承認過那個無聊的賭局。」

「可是你會輸，而且最後會履行承諾。」

「我倒是想知道你區區一個人類，憑什麼預言神明的決定。」

「因爲愛神會死。」

我爆了最大的雷，後頭又有兩輛摩托車呼嘯而過，像是試圖消滅這句話的影響力，不過死神在這瞬間變換了許多次臉色，最終還是輕輕地搖搖頭，模稜兩可地輕笑幾聲。

「那傢伙大概沒告訴你，她是最古老的愛神吧？有沒有聽過好人不長命、禍害遺千年這句話啊？」

「因爲她的消逝，最終你會按照她的計畫進行下去。」

「不可能。」他一樣篤定。

我沒有辦法繼續跟他爭辯未來的事，但是我很清楚，只要錯過這個機會，我就再也見不到老魏了，那未來什麼都不會改變。

暗夜的空氣中，隱隱傳來不安的震盪，我的心頭跟著一緊。

我抓準時間說：「我想問一個問題，就當作是你對妄想症患者的同情好了。」

「說說看。」

「假設這個世界眞的完蛋了，到處都是死人，你會因爲得到了近乎無限的業績，而感到開心嗎？」

「……」

「輕輕鬆鬆就可以得到這麼多的福報，感覺幸福嗎？」

「……」

「你是不可能因此感到幸福的，就跟那位傳說中的超無聊窮神一樣，所以你們才會混在一起。」我直接挑明，「這就是，物以類聚，神以群分。」

「你眞的是我見過最傲慢的人類……」

「我不這樣做，無法吸引到你們的注意。」

「嗯，那你玩夠了，我便先行一步。」

「欸等等等。」

「還有事嗎？」

「雖然我們剛剛聊得這麼多，但我眞的是來頒發獎勵給你的。」

「人類，剛好就好，不要太過分。」死神的口吻是眞的有些不滿。

「誤會，我帶著善意而來，獎勵的話……頂多、頂多再五分鐘……」我已經想不出拖時間的方式……

與此同時，一輛跑車以近乎囂狂的速度，用炸掉整條街的氣勢，引擎一邊尖嘯，一邊急駛而來。

從文回路。

不要說是交通規則了，就算是法律也不能限制跑車駕駛的妄爲，他想要這樣開車便這樣開車、他想要殺人，那便殺人。

氣氛一轉。

死神的雙眼慢慢地張大……

我想是因爲他知道，還有在法律之上的東西能夠限制。

這東西目前從眞金路而來。

十字路口的中心交叉點，我與死神不約而同將視線停留於此……

不到三秒，眞的不到。

轟！

從眞金路駛來了一輛髒髒舊舊的砂石車，精確撞上從文回路駛來的跑車……光鮮亮麗的跑車，就在一個眨眼的時間，變成了破爛的廢鐵，瀰漫著不祥的白色塵埃。

砂石車的司機頭破血流地下了車，完全沒有遭遇嚴重交通事故的驚恐，他取下圍在脖子的毛巾抹了抹臉，那擦血的動作自然得像在擦汗，緊接著，用一台老舊的手機打電話報警，語氣跟叫外送沒兩樣。

同一時間，跑車駕駛也從廢鐵堆中爬出來，渾身是血，尤其是他死命按著喉頭的手指間正啵啵啵地冒出紅色小氣泡，我與死神無法看清楚對方的表情，是因爲……

他戴著一張鬼的面具。

砂石車司機連看都沒有多看一眼，就算這場車禍的受害者應聲倒下成爲罹難者了，他依舊悠然自得地蹲在路邊點一根菸來抽。

薄薄的輕煙彷彿用來弔唁死者的燃香……

「業績，請自取。」我小小聲地說。

「你……是怎麼知道鬼哥會命喪於此？」死神這番話說得特別慢。

「文回路是通往早餐店，眞金路是通往砂石場……」我簡單地說。

「……」

「我得走了，免得捲入什麼風波，請你引領鬼哥的靈魂之後再來找我。」

遠遠的，終於聽見警車與救護車的鳴笛聲。

我希望大家的命運，都能在這個十字路口得到改變。

□

在故事中，鬼哥炸掉早餐店之前，必穩已經被轉移到愛神的居所去了。

如今鬼哥死亡，未來遭到大幅度的干涉，故事預言的成眞度會猛然下降，我必須加快腳步去實踐先前的規劃。

首先，找到必穩，讓他活下去。

這樣子樂芙式兩階段眞愛驗證法會不攻自破。

不過擺在面前的是很現實的問題，小說的故事畢竟只是故事，在描述上非常簡略，並不會附上谷歌地圖或衛星座標，更別說這六本書連一張插圖都沒有。台灣島地形七成是山區，要找到所謂的「山中別墅」，跟要在我寫的小說中找到錯字一樣困難……好啦，我承認這個比喻很不恰當。

所以我需要有人帶路，這個人最好是神。

於是我必須吸引老魏注意。

「山中別墅就在前方……」死神抬起手指向那道徐徐上揚的炊煙，「輪到你回答我的問題。」

爲了走到這種鬼地方實在消耗掉太多的體力，天色漸黑，山區獨有的冷意讓我不自覺打了一個冷顫，環顧四周眞的是渺無人煙，難怪計程車司機不願意開進這種泥巴路，中途就不耐煩地趕我下車。

「不要裝死，否則在這種荒郊野外，你很有可能變成眞死。」死神的善意提醒。

「喔喔，抱歉……其實我不過是用常理推斷的。」我開始瞎掰起來，「鬼哥這種囂張性格，一定到處都是敵人，金四角雖然是個下作幫派，但低調賺錢還是最要緊的，鬼哥爲了一點都不重要的私人恩怨把事情鬧得這麼大，絕對有人看不下去，而我就只是順水推舟而已。」

「事情絕非你三言兩語說的這麼簡單，你究竟是順著什麼水推了什麼舟？」

「我在網路上搜索到，金四角另外一個大頭叫作旗老，開了幾家砂石場營生，我就寫了一封信去好意提醒他『你們家的鬼哥又要闖禍了哦』，實在沒想到他們居然眞的用砂石車撞死了人。」

「網路上找得到？」

「當然啦，現在網路什麼東西都找得到。」

「你沒想到他們會用砂石車撞死鬼哥？」

「嗯，僅僅三成的把握而已，原本只是想在你面前耍帥，留下一個好印象，沒想到眞的成眞了。」

「這個人在面前死了，你完全不在意嗎？」

「我……」是不是應該稍微在意一下，來維持給死神的觀感？

然而，我知道鬼哥是必死無疑的，金四角遲早都會對他動手，相差的時間可能不到一個月。既然都要死，那不如爲台灣這塊土地做出貢獻，彌補他罪大惡極的一生。

這有點像是死刑犯伏法後都會送到醫院做器官捐贈的概念，只不過他是器官活摘，同意書是我幫忙簽的。

「我不在意。」我不太想說謊。

「……再來，你打算怎麼做？」死神摘下一片葉子。

「想跟必穩當個朋友。」

「這種時間點、這種地方，沒人會當你是朋友。」

「是嗎……」

我拉緊登山包，朝終點站而去，明明剩不遠的距離，這條路卻走得格外漫長。

和必穩的初次見面，著實會影響未來的走向，我對他的理解全然是來自手上的故事，文字描述與親身接觸勢必有不小的差距，必穩究竟是怎樣的人，也影響我的應對。

走近之後，這棟山中別墅就已經跟故事的描述不太一樣……我覺得更陰暗、更鬼魅，山風無論如何流動，都依然沉悶壓抑，真的很像驚悚電影中將要發生連環殺人案的命案現場，要不是有死神相伴，我才不……咦？人呢？

不知何時死神消失，獨留我站在門前，緊張得吞了口口水。

「不、不好意思，請問有人嗎？」我試探地問。

「……」

「可以讓我進去嗎？」

「你是誰？」必穩的聲線意外地好聽。

「我在附近、附近登山，可是不小心迷路了。」

「前面那條小徑直走，到底左轉，山路往下走兩公里，就可以看見果農們常用的產業道路。」

「謝謝你，不過我現在又餓又渴，不知道能不能讓我暫時休息一下？我明天早上就走。」

「……」

「請你不要讓我露宿在這種荒郊野外……」

在我的苦苦哀求之後，有一名少女說話了，「人家這麼可憐，就讓他休息一下有什麼關係？」

「問題是現在的狀況……」必穩顯得很猶豫。

「他們不可能找得到這種鬼地方啦，你不要想太多。」

「……好吧。」

他們大概是忘記這種破爛別墅根本沒有隔音效果可言，我聽見勉爲其難的同意心中大喜，只要能進這道看起來連擋風都做不到的門，就能夠擁有新的發展空間。

是必穩親自幫我開門，我第一次看見他的臉。

有些疲憊，像是很久沒有睡過好覺，身形眞的與大傻非常接近，但我覺得五官差異頗大，無法精確地描述其中的差距，頂多只能用好帥跟普通來形容。

他頂著斯文的七三分髮型，劉海稍稍濕了，可能是剛剛洗過的手梳過了髮，明明是二十歲的年紀，卻散發出格外成熟的氣息。

「我剛剛煮了一鍋稀飯，不嫌棄的話就進來吃吧。」他說，原本對陌生人警戒的眼神，消失得差不多了。

畢竟我就是人畜無害的樣子。

一進入室內，燦燦盤腿坐在彈簧床墊上，精神還算不錯，親切地對我打招呼。故事中對她的描述基本正確，陶瓷娃娃般的臉蛋，白皙的皮膚，當然也有燦爛的笑容，穿著一件男用的運動外套，就足以罩住大腿以上的身軀，這充滿陽剛氣息的款式，估計也是必穩提供的吧。

「你好你好，隨便找個地方坐吧。」她招呼。

「謝謝。」我拉了張板凳來坐，幾乎不到一分鐘，手上就端著一碗熱呼呼的鹹粥。吃了一口，不好吃，但是很溫暖。

彼此無語近五分鐘，現場氛圍冷掉的速度比鹹粥還快，社交障礙的我居然忘記準備打招呼的腳本，要是一開始就被懷疑了該怎麼辦？

沒想到燦燦先對我搭話道：「他的廚藝滿爛的，對不對？哈哈。」

「不不不，有熱的東西吃已經很好了。」我衷心感謝。

「原本還懷疑你是不是有鬼，但看你嗯……老實巴交的模樣，頓時輕鬆好多耶。」燦燦嬌滴滴地問：「你怎麼會迷路走到這裡啊？」

面對燦燦的問題，我抬起頭正好迎向她充滿好奇的目光，便黯然道：「我……我嗎？」

「怎麼了，是不方便說嗎？」

「也不是……」我一臉飢餓，大口地扒光鹹粥，「只是覺得很丟臉，哈、哈哈。」

「其實我們住在這裡，超級超級無聊的，網路斷斷續續收不太到訊號，啊這個男人也超級超級無趣的。」燦燦吐了吐舌頭，「所以才想跟你聊聊，請不要介意。」

「不會，只是我……我是個很可笑的人。」我苦笑幾聲，「不過……在聊之前，可不可以再給我一碗？」

原本板著臉的必穩總算是露出微微的笑意，很快就添滿我的空碗。

「其實我是個寫故事的人，靠領出版社的稿費為生……」

一說到這，燦燦的雙眸就發出光芒了，果然證明避難的日子並不會有少年、少女羅曼蒂克的展開，心中或多或少會有沉悶與埋怨，況且她又是個愛聽故事的孩子，正好讓我不著痕跡地切入主題。

「我不是什麼名利雙收的小說作家，基本上連被稱為作家都不夠格，漫無目的的寫作人生過得孤獨但平順，偷偷喜歡住在隔壁女孩……啊，我得先說，她是小有名氣的小說作家，和我算是待在同一家出版社的同行，在許多年前我們就在寫作同好會認識了，是因為她剛從南部北上急需住處，恰好隔壁是空的，才推薦給她搬來住。」

「原來是愛情故事嗎？」燦燦更有興趣了，沒發現講個迷路的原因，居然扯到隔壁鄰居。

「我們只隔一道牆又都在寫小說，自然平時有很多機會相處，會一起去取材，逛逛書店、看看電影，三餐基本上都混在一起吃。她在台北沒有朋友，我是本來就沒朋友，什麼節日都混在一起過，她如果被編輯退稿了，便拎著幾瓶低價紅酒來找家，邊喝、邊抱怨，醉了就霸占我的床……」

「你就上了她，結果被她告上警局，躲進深山避難對不對？」燦燦的想像力眞的很豐富。

「……」我一臉錯愕。

「……」必穩也是。

「當然不對……不過我們才第一次見面就談這些私事眞的很不好意思，不如……」

「喂喂喂人家聽得正開心，怎麼可以突然暫停嘛，況且，你吃了我們兩碗粥，難道不需要報答嗎？」

「……好吧，如果你們不覺得無聊，我就繼續講了。」

「先生，請說。」居然連必穩都沒有反對，很好。

「如同我剛剛說的，我們是同行又住在隔壁，就常常會待在一起討論創作方面的事情，也會分享彼此最新的靈感與心得，而且我暗戀著她……又特別想要表現自己的才能，享受被她讚美的感覺。」

「唉，眞希望某個人也能像你一樣……」燦燦意有所指。

「這樣幸福的日子，沒過多久就慢慢破碎了。她最新的作品上市，漸漸地受到廣泛的讚譽，銷售量筆直上升，與我之間的距離開始以很殘酷的速度加速拉開。」

「即將失去她所產生的妒忌，激發你的性慾跟占有慾，所以就用你的暴力，徹徹底底地占有了她，結果被她告上警局，所以躲進深山避難對不對？」

「……我在想，我們還是早點休息吧。」

「好好好，不猜了，是我的錯。」

「雖然我看過她打字的原稿，但還是買了她的小說來看……赫然發現，其中許多處的關鍵劇情有進行大幅度的修改，都與我即將上市的新作接近，這不能用巧合來解釋，因爲她先前看過我的作品。其實在那個當下，我只是很茫然，希望她能告訴我，其中有什麼誤會。」

「沒想到故事是這樣發展！」

「我急急忙忙趕回家，要她給我一個解釋，卻發現她的家門前有一雙男人的皮鞋。既然有客人，此時我也不去打擾，繼續抱著一頭霧水的感覺回到家，然後隔著一道牆……清楚地聽見她跟其他男人做愛的歡叫聲，而且最不可思議的是，那個男人是她的編輯，畢竟那雙皮鞋我一眼就認出來了。」

「……太、太誇張了吧。」

「對你們而言，這的確是故事，但對我來說，卻是確確實實的人生。」我不經意間紅了眼眶。

燦燦連忙致歉道：「不好意思，我是眞的沒想到會這樣……」

「嗯，我抱著她的最新作品，哭得像是失去一切的孩子，心中的那股恨，轉眼膨脹了數百倍，我需要討個說法，就算對簿公堂也在所不惜。我痛苦地等待他們做完，才去敲隔壁的門，面對他們慌亂的神色，依然裝作剛剛什麼都沒聽到。本來以爲他們至少對我有著一點點的虧欠，沒想到我得到的是極爲無恥的說法。」

「什麼說法？」

「編輯舉了很多例子，說兩者並不能算是抄襲，什麼天堂跟魔戒、蟻人跟原子俠之類的，反正扯了一堆，我根本沒在聽，從頭到尾我只在意一件事，爲什麼她始終沒有用正眼看我，好像我是貪她美色就在路邊黏上來的推銷員……」

「一定是她覺得很內疚！」

「我不知道……編輯抵死不認，我一時之間沒有辦法再追究。本來以爲事情就到此爲止，但沒想到這個作品持續爆紅，甚至傳出要改編成電影上映的消息，出版社從上至下都很開心，而我晚她一個月上市的作品，根本乏人問津。有錢了以後，她從隔壁搬出去，我們再也沒有見過面。」

「這樣好，斷一斷就算了啦。」

「事情沒這麼簡單……她的讀者發現了我的書，在網路上指責我抄襲，還在每一處相似的地方標上顏色提醒，哈哈……」我的笑聲與悲鳴無異，「出版社怎麼可能爲了我，去毀掉一顆冉冉上升的新星呢？自然是大事化小小事化無。」

可能是受到環境影響，畢竟敗破的別墅以及悲戚的風聲根本是述說可憐遭遇的最佳場地，連必穩都稍稍動容了，我特別利用了他的正義感，果然也特別有效。

「出版社希望我發一篇公開的道歉文，讓事情早日平息，未來換個筆名還能夠再合作。這隱晦的威脅我聽得懂，但要我低頭認錯……我眞的、眞的是辦不到啊。」

「我知道這是你吃飯的營生不得不做，只是……換個筆名重新開始，才有機會給那個臭女人好看。」

「我的用詞、語氣、筆法以及行文特色是不可能換掉的，所以我扔下了所有工作，跟家人說要出外取材，就一個人來到這裡。」我沒有刻意擺出很可憐的樣子，不過這種刻意裝作不在意，反而顯得我更加可憐。

「接下來，你有什麼打算？」居然是必穩開口問我。

「沒有什麼打算。」

「你……該不會是來尋死的吧？」

「……」

「先生？」

「不不不，你誤會了，我不是來這裡尋死的，請放心。」

「那就好。」

「在所有人都批評我是抄襲廢物的時候，我就已經死了，當我再也無法寫作投稿的時候，我就已經死了……」我頓了頓，視線直直地望向必穩，「讓這個女人進入自己人生的時候，我就已經死了。」

「……」

「每一個最終的下場，都不會是由一、兩個簡單的選擇確定的。」

包括你們的下場也是。

我輕輕地說，可是聲音並沒有被蕭瑟的夜風蓋過，因爲他們的表情有著明顯的變化。

「我說完了，那你們的故事呢？」

□

我在這白吃白喝了兩天，彼此都有更深一層的認識。

其實我手中的故事對他們這段隱居的生活著墨不多，時間線會直接跳到燦燦忍不住毒癮，背叛必穩通知鬼哥，導致山中別墅的位置被得知，燦燦被逮成爲籌碼，必穩迫於無奈托出必安的避難所……

這也是必安內心深處對自己弟弟非常失望，導致死神最終輸掉賭約的主因。

而死神輸，依約去帶走小雨，謝律師因此崩潰，釋放生化戰劑……

一環扣著一環。

所以要拆解這一連串的因果，只要斷開其中一環就可以，爲安全起見，鬼哥身亡還不夠，我要讓他們直接退出這個事件。

必穩，我想要救他，無論用什麼手段。

他不應該因爲正義感，再因爲這種女人，成爲高樓底一具殘破的屍體……！

是眞的太無聊了，短短幾十個小時當中，我們幾乎無話不談，燦燦那一大串前男友故事我已經聽過兩遍。

時機成熟了，在我吃完手中的罐頭之後。

舔了舔免洗叉子，我說：「你們在躲仇家，不敢離開這棟山中別墅對吧？」

「嗯嗯嗯。」燦燦點頭，眼神尚有恐懼。

「那這棟別墅是誰的？」

「朋友的。」必穩顯然也不知道這地方的背景。

「如果要避難，這種地點很危險……」

「怎麼說？」

「因爲有關係，有關係在就會被找到，對方威迫你朋友的話，就很容易會曝光，而且也會害你朋友陷入危險。」我前面是實話實說，後面是有些加油添醋。

「的確……不能再拖累任何人了。」以必穩的性格，他只會在意後面那一段。

「我在想，不然你們躲到我家吧，雖是小小的屋子，但打地鋪的話還是能睡，總比這裡舒適。」

燦燦一聽立刻想要開口說好，卻被必穩擋了下來，「不能再拖累任何人，當然也不能拖累你。」

「不用擔心，你們的仇家再怎麼樣都不可能想得到與我有關，會特別安全。」

「……」

「相信我。」

「那我能爲你做什麼嗎？」

Bingo！終於等到這句話。

人其實是一種無法「不動」的生物，所以說坐監才會是一種刑。必安最大的失誤就是讓必穩與燦燦自我軟禁，那會不斷滋生想要逃脫、想要自由的念頭，直到出現無法挽救的懊悔爲止。

像一場遊戲，我要安排副本給他們打，讓他們的大腦跟身體停不下來。

燦燦不需要說服，要說服必穩的難度比較高，但我跟燦燦一搭一唱，像兩名老練的業務員，必穩很快就接受我們的意見，說要先告知姊姊一聲。

然而必安此時跟大傻可能還在醫院，手機有沒有在爆炸中生存都是未知數，一時之間果然聯絡不到人。在燦燦又是撒嬌又是鬧脾氣的狀況之下，我們僅僅兩個小時就離開山中別墅，再四個小時就到達我的居所。

我這種窮寫手當然住不起什麼高檔的屋子，就是基本的一廳一房一衛的格局，不過還是比洗澡要用柴燒、用電要用發電機的狀況好太多了。

燦燦一進門就嚷嚷著要去洗澡，我家小小的浴缸對她而言彷彿是流奶與蜜之地，那開心激動的肢體語言，哪有什麼染毒的跡象？活脫脫就是名青春洋溢的少女。

必穩繞了一圈，大概連心中最後一絲的懷疑都消逝，我的房間擺滿各式小說與寫作教學，每一本都被翻得破破爛爛。

這要作假當然還是有可能，但誰會去花這樣的工夫？

「你還沒說，需要我們幫什麼忙？」他從書櫃取下我的著作。

「其實，我是罕見的手寫派……」我要用一個不著邊際的詞，去勾起必穩往下問的好奇心。

「手寫派？」

「對，我習慣持筆在稿紙上創作，筆尖接觸紙面帶來的反饋能幫助我更專注，久而久之用鍵盤敲出來的故事都特別遜色。」

「用筆寫這麼多字？」

必穩準備被我拖進預設的副本當中，但不長眼的燦燦恰好洗好澡，抱怨地說：

「肚子好餓，有沒有東西可以煮呀？」

「我一個人住，冰箱就罐頭、泡麵跟乾燥蔬菜。」我歉然道：「我等等去買食物。」

「不不，沒關係的，我來下廚吧。」

必穩挽起袖子說：「妳休息，我來。」

「你這食材破壞者……不准再靠近廚房了。」燦燦怒道，看起來是因爲這段時間舌頭受了不少苦。

「我家可是開餐廳……」

「早餐店才不能算是餐廳。」

「哈哈哈。」我刻意笑幾聲，切斷他們打情罵俏。

必穩似乎有點沮喪，盤腿坐在矮桌前，一手扶著額、一面延續我們剛剛的話題，「你說你是手寫派，然後呢？」

「我都是將稿子整疊寄給出版社，上面會有我寄件時間的郵戳。」

「明白了，這樣就能證明你交稿的時間比那個女人早，進而證明你並沒有抄襲。」

「是的，只是……」我欲言又止。

「不要擔心，就算有點見不得光，我依然願意幫忙，讓出版社與抄襲者低頭認錯。」

「稿子估計就收在出版社，你如果直接闖進去，恐怕會有大麻煩。」

「收留我們，你才是真的惹上大麻煩。」必穩難得笑了，可惜，稍苦。

「別這樣子說，跟你們當朋友我很榮幸。」

「但是出版社內的詳細狀況還是需要你多說說……」

「好。」

「先別說、先別說。」燦燦端著一鍋泡麵，冒著滾燙的白煙，踉踉蹌蹌地走過來，「燙燙燙，快幫幫忙！」

必穩俐落地接過鐵鍋，燦燦整個人跌趴在我身上，現場沒有人三度灼傷，順利度過這次的危機。

當然，現實跟輕小說終究是不一樣，就算美少女送來一個來吃豆腐的機會，我也不覺得有什麼福利可言，只有肩膀與胸口的痛苦，想必她一樣痛得苦不堪言……

咦？沒有嗎？

「好險我有個人肉緩衝墊，嘻嘻。」燦燦賊賊地笑了笑。

必穩倒是不受影響，像是什麼都沒聽見，專注地給三個碗添入六分湯、四分麵，連一滴殘湯都沒濺至桌面，整整齊齊地排放於矮桌……映入眼簾的種種細節與動作習慣，全部是故事不曾描述的。

透過文字和親眼所見的差距越來越大，漸漸地，必穩在我心中的模樣跟故事所勾勒的開始出現不同。

我原本不抱期待地吃了麵，口腔傳來的衝擊卻使我的雙眼詫異地睜大，疑惑地問：「這是我買的泡麵？」

「厲害吧，眞正強的廚師，狗屎也能變黃金。」燦燦一臉得意。

狗屎變黃金應該不是廚師而是進入鍊金術師的領域了，但不得不承認比起必穩在山中別墅烹飪出的淡味食物，燦燦的加料泡麵可以算是滿漢全席。

我抬起頭，咀嚼著特別有勁的麵條，直視著她喜孜孜的五官，沒想到在故事中被必安稱爲禍源、毒蟲的燦燦也有著截然不同的另一面。

□

半夜，他們睡了。

我躲進廁所，坐在馬桶上，繼續翻閱手中的故事。

幾十萬字的內容自然藏著許多有用的訊息，但我不是過目不忘的天才，不可能將每一個詞句都背在腦海中，所以我找到機會就會盡量閱讀，試著找出先前沒注意到的關鍵。

天庭給我的超能力正在快速地失效，鬼哥死後未來必然產生劇烈的變動，開始偏離故事預言的軌道，簡單來說這會慢慢變成另一條時間線所發生的事，跟我們再無任何關係。

這是一場沒有標準答案的測試，對於故事的解讀以及後續的做法肯定有許多種，我清楚我的計畫不會是最棒的答案，太過簡單暴力的方式有可能讓未來更不受控。

所以必須盡量運用，把每一個字所暗藏的資訊統統榨出來……

我準備進入全神貫注狀態之時，廁所老舊門框所發出的惱人嘎嘎聲闖入我的雙耳。該死，獨自居住所養成不鎖門的壞習慣終於得到報應，我只能緊緊抱著故事，確保她不會看見任何字。

是的，闖進廁所的人是燦燦。

「啊抱歉抱歉。」她走進來，順手關上門，「我以爲廁所沒人用。」

「沒關係，我只是睡不著，無聊讀一讀之前寫過的小說。」被突襲的我看起來一定很慌亂。

「欸，我也想要看。」

「什、什麼？」

我的語氣開始無法保持冷靜，如果故事讓燦燦看見了，我所安排的計畫估計會全線崩潰……她發現了嗎？她是怎麼發現的？我出現在山中別墅的時機太過可疑？她從頭到尾沒有相信過我？

「咦？是偷偷藏了什麼祕密嗎？」燦燦瞇起雙眼。

「怎……怎麼可能，呵呵，廁所給妳用，我先去睡了。」

我想從馬桶上站起來，但是被她給推回去。

「不對喔，燦燦聞到一股有人做壞事的味道呢……」

「別說笑了，呵呵。」

「那拿出來給我看，不要藏呀。」

「這個、這個……是好久以前我寫的糟糕作品，真的是見不得人。」

「不是吧？」燦燦忽然壓低音量。

「不是什麼。」

「這不是你寫的。」

「……」

「看你的表情就知道人家猜對了。」燦燦抿著唇，「如果再小氣不分享的話，小心我用搶的喔。」

我必須開始思考使用暴力的可能性了，不過必穩在旁邊就只隔著一道牆，百分之一百會被聽見，到時會引來更多的懷疑……

該怎麼辦？

燦燦已經慢慢地靠近了。

我該怎麼做？

爲什麼我當初要印出紙本？爲什麼我不直接用手機看電子檔就算了？這眞的是實體書派的我遭受到的最嚴重打擊。

她與我近到不能再近，她的體味帶有沐浴乳的香氣，她的呼吸是濕熱又清爽的味道，讓我的腦袋一片空白，根本做不出恰當的反應。

燦燦緩緩地從我胸前抽起整篇故事……

我就像是親眼看見死亡車禍現場的幼童，無助且眼睜睜地目睹悲劇發生卻無法動彈，我要逃也不是、阻止也不是、大聲呼救也不是、動手打人也不是……無論我怎樣做都算是超常反應，皆會引起必穩的懷疑。

燦燦捧著一大疊紙，認眞地翻閱起來……

我的計畫就到此爲止了嗎？

「什麼嘛！」她非常失望地將整疊紙放在旁邊，「叫什麼超惡意財神，還有什麼無聊的財神廟，這種爛書名想也知道賣不好啊！」

「……」

「我以爲你半夜癢得受不了，所以偷偷看色色的小說打手槍欸。」

「嗄？」

「我以爲寫小說的人，看小說自慰是很正常的事，沒想到你根本不正常。」

「嗄？」

我這輩子的確常被罵不正常，也承認自己某些時候不正常，但我絕對不接受燦燦現在的指控，絕對不！

「好啦、好啦，我不鬧你了。」燦燦甜甜地笑道：「其實我是想說聲謝謝。」

「喔，這倒是不用客氣，你們也給我很多鼓勵。」

「我知道必穩要去出版社偷稿子的事，但……我笨手笨腳可能幫不上忙。」

「沒關係，這本來就有風險。」說到這我鬆一口氣，確認她是一無所知。

燦燦紅著臉，難爲道：「怎麼能隨便說聲沒關係就帶過。」

「是眞的沒關係。」

「不行，人家想要幫你……」身穿一件男用長版運動外套的燦燦，緩緩地由上而下解開拉鍊，裡面沒有丁點遮掩，只有一整片滑膩雪白，以及觸目驚心的一個鬼字，

「然後……也求求你幫幫人家好不好？」

「……」我愣住。

燦燦跨坐在我的大腿上，嘴巴湊到了我的耳邊，吐出來的氣息濕濕熱熱的，似乎可以將我整個融化掉。

「你的廁所……隔音好嗎？」

「爲、爲什麼要這樣問？」我顫聲道。

「笨蛋，當然是因爲，人家會怕忍不住……發出奇怪的聲音嘛。」

「……」

「被那種臭女人背叛，眞的是辛苦你了……現在就讓我好好安慰你吧。」燦燦柔軟的手，撫摸著我的臉。

「不對……事情……不應該是這樣子發展……」

「不用擔心，交給人家就對了。」

「不不不，妳、妳想要什麼？」我試圖在震驚中保有一絲理智。

「就只是一點點的小忙，不要想太多……讓我們舒服完再談好不好？」

「等一等，我覺得我們有誤會。」

「是嗎？燦燦都已經脫成這樣了……我們還有誤會嗎？」她媚眼如絲，在我的耳邊輕笑。

「有，眞的有誤會，請務必讓我知道妳的要求。」

「幹嘛這麼掃興啊？難道……你對我都沒興趣？」

「妳到底想要什麼？」

「燦燦就想要一點零用錢……」

「零用錢？」在這一瞬間我全部明白了。

我很有自知之明，知道自己的身材與容貌，不可能引起異性的性慾，那種女生倒貼宅男的劇情只有輕小說才會出現，現實是更加殘酷、更加理性的，事出必有因。

「是的，想要一點零用錢。」燦燦雙手環抱著我的脖子。

「妳想要買毒品對吧？」

「……」

在這一剎那所有的曖昧與旖旎全部消退，她立刻退後，離開我的大腿，臉色乍青乍白，方才濕濕黏黏的空氣突然又乾又冷，上一秒我們還是可以做愛的對象，這一秒我們像是沒帶錢的嫖客與服務完畢的性工作者。

燦燦迅速拉上拉鍊，所有的春光都在這個動作之後煙消雲散，緊接著惱羞成怒地說：「要不要給錢就一句話，你又不是我的誰，不用囉嗦這麼多。」

「不是，我……」

「既然是你情我願的互助，我的錢想買什麼自然隨我高興。」

「等等。」

「戒毒哪是外人想的那麼簡單，我也不想再吃、不想再被這種東西控制啊。」燦燦拍了自己的腦門，漸漸激動起來：「但你們根本不知道直接一刀斷的戒毒方式有多痛苦！」

「我知道、我知道。」

「你不知道！」

「我說的知道跟妳認知的知道是不同的。」

「人家不知道你在說什麼啦！」燦燦氣得跺腳。

「妳只要知道一件事就好。」

「知道什麼啊！」

「毒品，我買給妳。」

「……」燦燦一臉就是在懷疑自己是不是聽錯了。

「不需要跟我做，我一樣買給妳。」我誠懇得猶如人畜無害的孩子。

「……爲什麼？」

「朋友之間本該互相幫忙，而且……妳雖然很可愛，但不知道爲什麼沒有引起我特別的反應。」

「你只要說前一段就好，後面就不用說了。」燦燦雙手扠著腰，好氣又好笑。

「其實我也很意外爲什麼沒反應……啊不過算了，我倒是需要妳額外幫我兩個忙。」我不想跟女生討論性能力相關的問題，乾脆直接談交易。

「沒問題、沒問題。」燦燦根本不想知道我的忙是什麼。

「成交。」我握住她的手上下搖動。

這種完全不需要討價還價的交易真是令人愉快，即便是在廁所這種奇怪的地方談成，但也無礙我們相視一笑，互相滿意地點點頭。

□

彷彿在拍電影，我、燦燦、必穩都經過一定程度上的變裝，我們穿得像偷懶蹺班的外送員，聚在一間飲料店前的座位，面前各有一杯果汁。

老實說，經過變裝反倒更加可疑。

他們頭頂的鴨舌帽，壓低得看不到臉，在這種天氣刻意穿外套與運動長褲，要不引起側目也很難，不過透過變裝比較能讓他們兩個入戲，桌子周圍開始有種緊張的氣氛在擴散。

不知不覺他們連說話都降低了音量。

出版社就在隔壁大樓的二樓。褪色嚴重的招牌，就跟近年書籍市場糟糕的感覺一樣，都是那樣子的灰灰白白。裡頭各大編輯部的員工正在上班，有的正在審稿、有的正在嘲諷作者新交上來的稿子、有的正在苦惱新的書該怎麼包裝……各式各色的人都有，宛若一個社會的濃縮精華版。

但出版社不是重點，重點是我面前的兩個人。

「在出發之前，我還是得再問一次，你確定嗎？」其實我的問題一點意義都沒有，必穩一定會說確定。

「確定。」他毫不猶豫。

「好的，像這種重要的稿子，通常都會收在總編輯的辦公室裡，待會十二點到一點是午餐時間，你就當外送員，堂而皇之地走進去，然後找陳總編的辦公室就對了。」

「陳總編，沒問題，他都是在外面吃的吧？」

「沒錯，他很忙，基本上都不在出版社，要不是因爲我一進去就會被認出來，否則應該自己去的。」我頓了頓又繼續說：「不過安全歸安全，還是有風險……這種竊盜的行爲有可能害你吃上官司，況且我們認識才多久啊，你還是有反悔的機會……」

必穩忽然陷入沉默。

這讓我有一點意外，但是沒關係，我還有B計畫跟C計畫，並無大礙。

「你知道我姊姊……」他又忽然在沉默中開口。

雙胞胎姊姊、早餐店的老闆娘、必安，我怎麼可能不知道呢？在短短相處的日子中，就常常聽他不經意地提到姊姊，可見兩人之間互相影響得有多深遠。

無論是故事裡的敘述，還是他此刻的神情，都能夠確定必安在他心中有著獨特的地位，只是獨特的地位，並不代表就是第一順位。

或許愛神的紅線有影響，但他在燦燦的生命受到鬼哥手下威脅之際，還是犧牲了姊姊，洩露姊姊藏身的地點，選擇保住了燦燦。

面對危局，無論怎樣的選擇都不能說是錯誤，不過必安與燦燦還是在他的內心深處分出高下。

「不太清楚。」我搖搖頭。

燦燦也是一臉意外，不解爲何必穩會提到必安。

「母親很疼我，從小無微不至的照顧，因爲重男輕女的關係，我享受家中全部的福利，但也揹負很多不可思議的責任，譬如說，我必須要注意安全，僅僅是因爲某間學校的畢旅出了車禍意外，所以國中、國小的校外教學或畢業旅行都沒去過。」

「這……」我清楚家人對他的深遠影響，依然裝作什麼都不知道。

「母親逝世，姊姊接過母親的職責，她是用另一種更難抵抗的方式關心我，你可以稱之爲『這樣是對你好』。」必穩的口吻像在說其他人的事，「我就讀全國最好的高中，在班上的成績也算前段，百分之九十九的大學科系都能讀，即便如此我依然重考兩次，只是因爲姊姊認爲考上第一志願這樣對我的未來比較好。」

「我沒想到你的成績……」

「請不要再替我設想了，不管好與壞、不管有什麼後果，我會自己承擔。」

我能感受到他隱約的怒氣，便歉然道：「好的。」

必穩站起來，果汁沒有喝完，將鴨舌帽壓得更低，雙手插進外套口袋，直接走出了飲料店，朝著出版社的入口前進。

我跟燦燦立刻交換了一個眼神，然後我的手也插進外套口袋，掏出了兩張藍色的紙鈔擺在桌面，她的雙眸立即散發出一種獨特的光芒，並不是因爲錢，而是有了錢之後能買到的東西。

她迫不及待地伸手拿錢，我握住她的手腕。

「記得答應我的兩個條件。」

「第一個，不允許對外聯絡，第二個，在必穩旁邊幫你說話。」

「沒錯。再來，妳確定等等的交易安全嗎？」

「很安全，我是透過網路匿名買的。」

「不要用太多，如果被必穩發現，我們的約定就終止。」

「知道啦，控制劑量我很擅長。」

「嗯，去吧。」我放開手。

燦燦像叼到魚的貓，爲了防止食物被搶走，馬上將鈔票捧在胸前，並且拉開與我的距離，我朝她發出善意的微笑，得到的是更興高采烈的笑容。

她蹦蹦跳跳地離開了，目的地可能是附近公園的公共廁所吧。

在故事中，燦燦會因毒癮背叛必穩，連絡上鬼哥，是這起悲劇的關鍵一環。如今鬼哥已死，燦燦的毒癮得到部分的緩解，相信這個環節也被我徹底斬斷。

「是嗎？」有人拉開本該是必穩的位子，坐下。

「你說什麼？」我問了貿然出現的死神。

「你在玩遊戲，是嗎？」

「爲什麼這樣說我……」

「你看起來很開心。」死神淡然道：「掌握著別人的命運，感覺是不是很棒？」

「……」

「我沒有要嘲諷的意思，是眞心想知道你的想法。」

不想面對這個問題，於是我岔開話題道：「你這陣子去哪裡了？」

「都在你旁邊。」

「上廁所跟洗澡的時候也在嗎？」

「當然在。」

「……你用這麼理所當然的語氣，我反而不知道該說什麼。」

「自然的生理行爲，我已經看得太多，就等於路上有一條野狗在排泄，你會覺得特別奇怪嗎？」

「……這種比喻眞是傷人。」我苦笑幾聲。

此時，服務生端上一杯蘇打水，而這傢伙不以爲意地挪開必穩的飲料，接過帶有迷幻色彩的淺藍色液體，自顧自地喝一大口，絲毫沒有要買單的意思，嗯，我還得掏出日漸緊縮的荷包。

「如果給你一個機會，會想成爲神明嗎？」死神根本不在意服務生困惑的目光。

爲了防止被周遭的人當成神經病，我尷尬地說：「老魏，幹嘛突然問我電影的劇情呀？」

「我很好奇。」他根本不在意。

等到服務生收到錢離去之後，我才恢復正常的語氣問：「爲什麼突然對我感到好奇？」

「樂……愛神很憤怒。即使她維持嬉笑的態度，但我實在認識她太久了，還是感受得到有股深藏的怒意。」

「替我安撫幾句啊……」

「能讓最古老的愛神憤怒並不容易，一定是某個她冀望許久的事物，被人不識相地破壞，簡單來說，是她的反應加深了你的可信度。」死神以滄桑的語氣說：「讓我好奇。」

「讓死神感到好奇，我是不是該害怕。」

他沒理會我講的廢話：「她到底在計畫什麼……」

「她是誰？」

他沒理會我，裝傻繼續問：「後果很嚴重嗎？」

「……」

「給我一個答案，我也會給你一個。」

「我之前已經說得很多了，如果再說可能會嚴重影響因果。」

「無論她在計畫什麼，我都想阻止，所以我造成的影響也是你樂見的。」死神是老江湖了，顯然是已經察覺到愛神很不對勁。

我正色道：「因爲城隍的存在，愛神現階段不會有任何的大動作，她生氣歸生氣，一樣無可奈何。」

「你這句的意思，豈不是暗示她未來會有大動作嗎？」

「……」

「少年，你並不知道自己惹到了多大的麻煩，多一位神明當朋友，不會吃虧的。」

「……」

「信我。」

「她想死。」

我直接說了。

想死跟會死是截然不同的概念。

死神的嘴角，才打算嘲諷我而上揚了約五度左右，旋即不知道想通了什麼，那個未形成的笑容立刻固化，同時腦袋中印證了什麼，最終雙眼以極慢、極慢的速度合上，整張臉又老上好幾歲。

我靜靜地喝著飲料，等待。

「你……」死神總算開口，「有想知道什麼嗎？」

「藥神，究竟是怎樣的神明？」

這位神明，在數十萬字的故事當中，只被不經意地提起過一次，卻深深吸引我的注意力。

「藥神……擁有救治的神權，在塵世有許多傳說與稱呼，實際上我也只見過三次，沒辦法告訴你太多。」

「你這樣是不是有詐騙我的嫌疑呀。」

「你僅告訴我三個字。」

「拜託，請再多透露一點。」我雙手合十，像是在求神拜佛，不，我是眞的在求神拜佛。

死神猶豫片刻勉爲其難地開口說：「藥神平時不工作的，他們也沒有業績壓力，比較像是一種保險機制。」

「保險機制？」

「事情一發不可收拾的時候，才是他們的上班時間。」

「……」

我沉默了。

死神也陷入沉默。

他和我沉默的原因肯定不同，然而深鎖的眉頭卻是一模一樣。

□

「對不起、對不起，我眞的沒想到陳總編已經辭職了。」

在電梯中我依舊不斷地道歉。

想當然耳，潛入出版社行竊的必穩找不到陳總編的辦公室，因爲根本就沒有陳總編，我不會讓他爲了躲避麻煩而惹上新的麻煩，我只需要他繼續分散注意力，別再跟金四角扯上任何關係。

金四角這種專門販毒與殺人的黑幫沒有一點底線可言，同組織的旗老都能殺鬼哥，我們這種小老百姓當然能離得越遠越好。

「不用在意，我們還是要想辦法查到手寫稿件目前放置何處。」必穩拍拍我的肩表示安慰。

「不要再道歉了，沒事沒事。」燦燦也拍拍我的肩，那極度開朗的容顏讓我很不安。

「我會去打聽看看，應該不用多久，唉……」

我一邊搖頭嘆氣、一邊走出電梯，他們隨後跟在我的屁股後頭——

燦燦從後拉著我的登山包蹦蹦跳跳的，必穩將剛剛在電梯撿到的垃圾順手扔進垃圾桶。

而我腦袋則不停思索著要出什麼節目，能再拖住必穩兩、三天，不知道他有沒有什麼熱愛的興趣或事物……我們到達家門前，掏出鑰匙插進鑰匙孔。

「咦？忘記鎖門了？」

推開門。

差點以為走錯地方……

這是我家沒錯，可是被翻得亂七八糟。

平時我吃飯耍廢的位置，現在站著兩名陌生的黑衣男子。

不要怕，不要擔心，這些都演練過，我早就有準備。

從後面的登山包抽出一根伸縮電擊棒，彈出三節式棒管，超高電壓600kV讓棒頭兩尖端中間出現可怕的紫色電弧、發出劈里啪啦的聲響，連我自己拿在手上都覺得怕怕的。

我向前走一步，準備教訓這些人，但沒想到他們竟然從後腰取出短刃，用更剽悍的氣勢朝我們衝來。電擊棒恐嚇牌失效，我一時之間不知道該怎麼辦……

「信就是你寄的？」其中一位黑衣人，抬起了右手臂。

我的視線突然一片昏暗。

發生什麼事了？

是跳電嗎？

我怎麼會跌坐在地上？

鼻子溫溫熱熱的，一摸，濕濕黏黏的，奇怪，爲什麼紅紅的？

電擊棒就這樣躺在牆邊，可憐兮兮的，如同一根沒用的棒狀廢鐵。

我伸長手想去撿，卻不知道爲什麼越離越遠……

頭暈目眩的衝擊現在發作了，我根本分不清東南西北。

「你們先走！」必穩站在門前，背對著我喊。

原來……我已經被他拖出了家門外……

燦燦在我旁邊驚慌地尖叫，恐懼爬滿她可愛的臉蛋。

「你、你想做什麼？」我勉強從喉嚨擠出一點聲音。

「不用擔心。」必穩依然背對著我，徐徐地將門給關上。

「你到底在說什麼鬼話……」

這次，他沒機會再說話，回應我的只有門遭反鎖的嘎嘎聲響，明明是很輕微的音量，我關關開開門上千次都會聽見的聲音，卻在必穩的背影消失之後，大得足以蓋過燦燦的崩潰悲鳴。

我呆坐在地上，實在不懂究竟發生什麼事……

只想叫燦燦趕緊閉上那張該死的嘴巴，讓我靜一靜，讓我的腦袋靜一靜，想想現在到底該怎麼辦。

「完了完了完了……」她叫個不停，「他死定了他絕對死定了，活不了了！」

「……」

「是金四角是金四角的殺手不是金四角的殺手，他們不是那一種，他們我見過，其中一個我見過，是金四角的殺手……」混亂的語意讓我無法聽懂她想表達的意思。

我是不是應該打電話？對對對，我該打電話給警察，顫抖的右手從口袋掏出手機，不穩的指尖滑著通訊錄……

「你會死掉的我會死掉的，我們都會死掉。」燦燦抓住我的登山包猛力晃動，雙眼張得好開，瞳孔全部放大，「會死的，被逮到就會死掉，我、我我我不能被逮到。」

我不想理解她在講什麼，試圖冷靜下來找到求救電話，可惡，爲什麼這種成天打來煩的號碼會突然找不到呀。

「我要走了，我得逃跑了，你們、你們都完蛋，但我不想死。」燦燦放開我，踉蹌幾步，拔腿就跑，八成是藥效發作的關係，不斷地跌倒。

不能再分心，我逼自己緊盯螢幕，終於找到心心念念的號碼，正準備撥出……

冷不防，一隻手按下我的手機。

抬頭一看，是死神。

我的背，整個在發冷。

「……你出現在這，該不會？」

「我是要提醒你，不要再扯進其他人了，否則變數會更多，因果更亂。」死神語重心長地蹲在我面前，嘆道：「現在知道自己面對的是什麼難題了嗎？」

「救人，趕緊救救人！」我緊握死神的手，像我才是命懸一線的人。

「你要保持冷靜，我需要你，你也需要我，但我不需要沒有用的你。」

「……」

「你太過托大了，旗老收到這麼可疑的信件，不可能簡單放過寄件者。砂石場附近有許多監視器拍到你的身影，輕輕鬆鬆就尋到你家。」死神無奈地說：「想借刀殺人……卻沒想到刀也能反過來殺你。」

「所以、所以，他們是來找我的，不是來找必穩的，對吧……」

「是，他們是要找你。」

「好，那就好。」

「不過，你已經親手將必穩推至他們面前了，不是嗎？」

「……」

透過死神彷彿看透人間百態的瞳孔倒映中，能看見我的五官有多猙獰，宛若泳技了得的人卻得被迫溺死的那種懊惱與不甘心。現實不像遊戲可以讀檔重來，目前走入這個狀況，要是必穩跟故事中的必穩一樣會死，豈不代表我做的一切根本沒有意義。

「不對、不對。」我否認道：「必穩跟鬼哥的恩怨，在鬼哥死後就沒意義了，金四角沒必要再找必穩復仇，尤其是旗老，哪有繼續報仇的動機？」

「都死了一個高級幹部，怎麼會沒有報仇的動機呢？」

「鬼哥又不是必穩殺的。」

「鬼哥就是必穩殺的。」

「……你是瘋了嗎？當時的車禍你不是在現場？」我的腦袋開始一片混亂，「那一輛砂石車，明確印著旗老所經營的砂石場，那張掛在門口的大大標誌。」

「就算是旗老親自在所有人的面前動手，結果也會一樣。」

「……」

「因爲旗老說是必穩殺的，那就是必穩殺的。」

死神拍拍我的頭頂，我並沒有被神明加持灌頂的感覺，只感到令人不堪的恍然大悟。

鬼哥究竟是誰殺的，從頭到尾都不重要，關鍵是眞正的殺人者旗老一定要裝出替兄弟報仇的模樣，對外做一個虛假的面子工程，昭示金四角有仇必報，而對內也得做做樣子，替這一起幫內的權力鬥爭畫下一個停戰的休止符。

這個背黑鍋的人，沒有比生前跟鬼哥有怨的必穩更適合。

「我相信你不願導向悲劇之心，同樣地，你必須相信我也是。」死神慢慢站起，手離開我的頭頂。

「必穩該怎麼辦……」

「你擔心的只是必穩嗎？」

「……爲什麼這樣問？」

我察覺到死神的語氣變得格外飄忽，但他根本沒回答我的問題就這樣平空消失了。

「我問了什麼？你是在對誰說話？」

右半身血跡斑斑的必穩不知道在何時已經開了門，我急忙爬起來試著去攙扶，然而他笑著對我搖搖頭。

「沒事，不過是右肩不小心中一刀，很淺。」

「這麼多血？」我不相信。

「一半是他們。」必穩用大拇指比了比身後，也就是我的屋子，「我其實滿會打架的，而且你的電擊棒幫了大忙。」

我歪著頭去看，果然兩個黑衣人倒趴在地上，失去意識狀況不明，眞沒想到實際的情況與我擔心的完全不同。

「燦燦呢？」

「她、她被嚇跑了。」

「什麼！」

「她一見到黑衣人出現，就失了魂，驚慌失措地跑走，我想找人來幫你，就沒有再去追她。」我內疚地說。

「這不是你的責任，要怪也只能怪我。」必穩擔心地說：「只是可不可以幫我一起找？畢竟附近環境我不熟。」

「當然好。」

□

根本找不到燦燦，一個人真心想逃是很難找到的。

雖然很不想這麼說，但是病入膏肓的燦燦已經沒救了，毒癮足以毀掉一個人，毒蟲更是顆不定時的炸彈，她離必穩越遠越好。

根據故事描述，必穩因愛神紅線的關係，對燦燦產生深刻的好感，導致在面臨姊姊與愛人的生死抉擇當中背棄一起長大的必安，使死神對人性徹底失望。

就我自己的判斷，紅線是沒有強制性的，也就是說並不是只要替兩人綁上紅線，兩人就會不顧一切在一起，頂多是各種巧合、各種命運的安排，讓彼此有好感，擁有更多發展的機會而已。

愛神的紅線，一定有辦法對抗。

我是充滿自信，但必穩的臉色鐵青。

單靠我們兩人四腿是不可能在市中心找到燦燦，更何況她身上沒有手機，科技追蹤的方式一樣死路一條。

「你先吃吧，等等才有體力繼續找。」我勸必穩吃掉手中的漢堡。

他只是無奈地低著頭凝視手中的晚餐，彷彿一隻小小的寄居蟹，在茫茫大海中飄蕩著，認知到這樣無目標地漂流是不可能找到另一隻刻意躲遠的寄居蟹。

我們一起站在黯淡路燈的光圈之下，不知道爲什麼，他此時的表情讓我很難受；可能情緒是會傳染的。

「一直忘記要跟你道歉……眞對不起。」他還是吃不下這根本不能稱之爲晚餐的晚餐。

「爲什麼要道歉？你還救了我一命。」我側著頭看著他的傷處，總覺得血還在流，「這個一定得去看醫生了，不能再拖。」

「那些金四角的混蛋，爲了抓我，才找到你那邊去。」

「……」

「有的時候我常常在想，自己眞的是一團禍源，無論是誰靠近我，最終都會被我拖累。」

「不是這樣……吧？」

「很抱歉，眞的眞的很抱歉，原本想幫你拿回稿子，結果沒幫上忙也就算了，還拖你進這灘濁水。」

「別再這麼說了……」

完了，必穩這誤會大了，他以爲是自己跟鬼哥的私仇，才導致我家被金四角找到，但是實際上是因爲我的關係，才害他們被找到，他完完全全弄顚倒了……

在這有些炎熱的天氣，我忽然冷汗直流，意識到自己究竟闖了多大的禍。

他們就像是在迷宮的人，而我跳了進去，想帶他們逃出來，結果沒想到我走向出口的捷徑，其實也是迷宮的一部分，從頭到尾，我們根本沒離開過。

剛剛忙著找燦燦時，我一直在關注必穩的情緒變化，還是沒有想到必穩內心產生失策，嘖。

這麼嚴重的問題、沒有意識到想要切割掉的因果又再度纏了上來。

現在唯一慶幸的，是燦燦已經不在，事情還有轉圜的餘地。

「你爲什麼這麼在意燦燦？」我不知道爲什麼要提到她。

「她……」

「嗯。」

「她……」必穩神色複雜，不知道該怎麼啓齒的模樣。

我連忙道：「不方便說沒關係的。」

「你有兄弟姊妹嗎？」

「有姊姊。」

「跟我一樣，怎麼之前沒聽你說過？」

「她很早就離家了，感情不好。」

「原來如此，剛好跟我相反。」面對川流不息的馬路，必穩的目光漸漸失焦，

「我與姊姊是雙胞胎一起長大，因爲母親的期望，我們走上的路變得很不一樣。」

「嗯嗯。」

「從小我不愛讀書，可是在母親的督促下，成績一直保持得不錯。我和姊姊年紀相同，在國中是同一個班級，有的時候她還會坐在我的前後左右，壓力是有點大，不過我不在意。」

「你們的感情應該滿好的……」

「我不是永遠都會讀書，偶爾也會偷懶，有一次的段考我完全沒準備，回家估計會被罵得狗血淋頭，讓家庭的氣氛變得很差，於是我選擇作弊，偷看隔壁右手邊同學的答案，他是前三名的常客，很適合。」

「國中時期誰不會闖一點禍，我闖的禍才可怕咧。」

「考試結束，從後面的同學開始往前傳收答案卡，這期間都沒被老師發現，我鬆了一口氣，結果下一節，是導師的課，坐在我後面的姊姊，居然因爲作弊被抓到記了一支小過，回到家直接被母親吊起來打。我說的並不是誇飾法，是眞的被吊起來打，當時姊姊的痛哭與求饒聲，我現在想起來還是覺得很可怕。」

「你家的……家教眞嚴格。」

「直到後來，我拿到考卷，只有七十二分，我才弄懂是怎麼回事。」

「七十二分？感覺不算特別高。」

「沒錯，坐右手邊的同學是九十一分。」

「那怎麼會有這個差距？」

「因爲從後面收卷的時候，姊姊調換了我們的答案卡。」

「……在技術上眞的做得到嗎？」

「可以，她先將自己的答案卡塡上我的學號，然後將整排的答案卡收好交給老師的時候，再驚呼說畫錯了學號，趁機拿回座位上，將我的答案卡，改成自己的學號。」

「原來如此，那爲什麼她要這樣做？」

「姊姊知道坐我右手邊的同學，早就發現我在偷看，考試一結束就去報告老師。」

「所以說……」我的手臂起了一些雞皮疙瘩。

「沒錯，我的七十二分，是姊姊自己憑實力考來的，我姊姊的答案卡，則因爲錯的地方幾乎和別人相同，分數突然變得這麼高，自然是被老師認定爲作弊。」必穩苦笑了起來。

「姊姊沒有告訴母親跟老師實情也就算了，連你都沒有說嗎？」

「沒有，她怕我會自責。」

「為什麼啊？她當時不也是小小的國中女生……」

「因為，她就是能為我做到這種程度。」

必穩說出這句話的時候，一點動搖都沒有，彷彿不過在描述一件極為平凡的小事，同樣有姊姊的我根本無法想像這種程度究竟是怎樣的程度，就算故事中必安對必穩的手足之情已經足以讓我驚訝萬分，但聽他親口說出仍然感到難以置信。

「我不開心，甚至很憤怒，當天就在路邊隨便找一個混混跟他打架。」對於國中的自己，必穩說起來臉突然有些發紅，「連作弊被抓，都還得靠自己姊姊收拾殘局……真的太丟臉了。」

「畢竟是雙胞胎。」

「大概吧，我也只能這樣解釋。」

「所以燦燦跟姊姊的關聯性？」我試探地問。

「……」必穩瞥了我一眼，有些難以啟齒地說：「燦燦，她……」

「她？」

「我從出生就一直受到照顧與關愛，偶爾，我也想照顧與關愛適合的人。」

「是、是愛情嗎？」

「我不清楚，可是她讓我……覺得自己是被需要的人。」必穩終於願意說說心裡話，「她很不幸，明明這麼聰明、這麼美麗，卻淪落成現在的狀況，原因可能是家庭因素，也可能是遇上太多的壞人。」

「再給她一次重來的機會，情況的確可能截然不同。」

「我並沒有自大到認爲自己可以改變她的人生，但至少，我能做到當一個好人。」

「懂了。」我點點頭。

同時沉默，我和他就這樣站在路邊沒有再說話。

是找人找了一整天，身體過度疲憊，又或者是心已經太累，我好希望就這樣永遠站著，像兩棵路樹除了偶爾隨風擺動，其餘的時間就如同死物。

眞希望休息過了之後，必穩會選擇先找一個地方過夜，否則繼續下去，我這種手無縛雞之力的宅男恐怕沒辦法支撐。

他一定要認知到，刻意要躲避的燦燦，不可能找得回來了。

快放棄吧。

必穩只要跟我在一起躲上一個月，這個世界就會得到拯救……

嘰嘰嘰砰！

突如其來的車禍，就在我們面前冷不防地上演了，不過比起我上一回親眼看見的車禍，這回的規模小得非常多，就是個老爺爺騎著摩托車，不小心追撞到前方的轎車，因為速度很慢的關係，前方轎車的後車箱就稍稍凹了一個洞，老爺爺失去重心倒在一側，腳被摩托車壓住，正在痛苦地哀號。

我準備打電話找救護車。

必穩不管來來去去的車流，已經直接衝上馬路，好像那些發出喇叭聲的汽車與摩托車都只是紙紮品，撞下去不會死人似的。

「哪來的瘋子啊！」我硬著頭皮跟了上去。

□

必穩一路揹著老爺爺衝往醫院的急診室。

因為我們先前曾經來急診室找過燦燦，所以半秒鐘都沒有耽擱直接衝進去了，老爺爺經過一名親切女醫生救治，非常幸運地骨頭沒斷，在即時送醫的狀況下，並無大礙，只要等傷口消腫便能由家人帶回休養。

我們的任務完成，希望必穩別說出休息完畢，可以繼續找燦燦之類的……

「休息完畢。」必穩在急診室門口前，一副整裝待發的模樣，「可以繼續找了，而且現在天色已黑，她一定要找地方歇腳，我們專攻汽車旅館跟旅店一定能找到她。」

「……」我苦著一張臉。

「抱歉，忘記你應該已經累了，要不然我自己去找，你先找個地方休息吧。」

「不累不累，我一點都不累。」我只是想流眼淚而已。

死神呢？還是有什麼神明在啊？拜託趕快出來救救我！

「喂，這位先生。」

從後而來的呼喚聲讓我們兩個同時回頭，來者是剛剛替老爺爺醫治的女醫生，她綁著一個包頭，戴著無框的眼鏡，飽讀詩書的氣質，還有一點難以接近的冷意。

「你的傷口還在滲血，不處理的話會有併發症。」醫生用著有些冷漠的語氣說。

「沒關係，只不過是點小傷。」必穩搖搖頭。

「我對你怎麼受傷的毫無興趣。」

「……」

「一個大男人連縫個幾針都會怕嗎？」醫生扭頭走回急診室，「你們跟我來。」

必穩大概也察覺到，經過好幾個小時，傷口仍沒有完全止住血的跡象，不找專業的醫生終究是不行的。

感謝上蒼讓他意識到這一點，我們一起走進急診室時，著實是鬆一口氣。

今夜急診室內的病患不少，醫生帶著必穩直接走進診療間，我則是幫忙去櫃檯辦理填寫必要文件。

大概半個小時之後，我們才在候診區的椅子上會合，必穩的傷口有了乾淨又整齊的包紮，比之前隨便綁一條布止血的狀況好太多了。

「傷口發炎了，等等護理師會拿藥給你，吃了之後在這等半個小時，我確認止血才能放你回家。」醫生推了推眼鏡，不給反駁的機會，便又去別的病床幫忙。

我們兩個坐在一塊，剛好方便我小聲勸道：「醫生的話還是要聽，而燦燦那邊，如果我們找不到，那壞人也一定找不到，不要太擔心。」

「嗯……」必穩也懂這樣的傷口再拖下去不行。

過沒多久，護理師就拿藥過來，親眼看著他吃下去後，把紙藥杯收走。這段時間除了祈禱傷口不要再變得更嚴重，我沒什麼其餘的事能做了。

必穩閉目養神。

我滑著手機……

忘記要記時，所以我感覺不太出來半個小時到底過了沒有。

然而幾句憤怒的髒話，讓我從手機畫面中抽離出來。

他同時張開了眼睛。

我們就隔著大概十公尺的距離，收看著人世間最滑稽的一幕，老爺爺的兒子正在對醫生怒吼，彷彿兩人之間存在殺父之仇。

「你們是他馬的全部耳聾嗎？都沒聽到我爸喊痛喊半個多小時嗎？一個一個自稱醫生、護士，卻連一點醫德都沒有，不，是連做人的同理心都沒有，就算在路邊見到一條狗在哀號，我們也會伸出援手吧！」頂著啤酒肚的中年男子，指著醫生的鼻子大罵。

「畢竟有傷口，痛是一定會痛的，不過沒有大礙。」

「操妳媽，什麼叫作沒有大礙？我揍妳一拳下去看看會不會有大礙好不好？」

「先生請你冷靜，這裡是醫院，不要影響其他病患。」

「我就是要讓其他人都知道，你們這家醫院養著一堆江湖郎中，在這邊騙吃騙喝不做事，垃圾，通通都是垃圾！」

「該有的應對，我們都對你父親實施了。」

「問題是他現在就在痛，你們到底有沒有搞懂關鍵啊？大學有沒有畢業啊？我身爲他的長子，心痛得看不下去了，這麼大的一家醫院，難道就沒有一點麻醉劑能止痛？」

「麻醉劑不能隨便使用。」

「我聽妳在放屁！」中年男子越罵越兇，粗壯的雙臂在空中揮動，張牙舞爪地向所有人展示自己的孝心，「我二叔他去醫院，人家醫生二話不說先打一針止痛，妳這種三流庸醫懂什麼？」

「我們已經有提供止痛劑給你父親服用，相信等等藥效發揮會漸漸舒緩疼痛。」

「我操，所以現在還要等嗎？」

「是的。」醫生推了推眼鏡，依舊冷淡的語氣。

「就不能多開幾顆藥給我爸吃嗎？」

「這類的藥品吃多了對身體有害。」

「所以妳現在是在懷疑我要害我爸！」

「不是，只是這類的藥品都需要控制。」

「……不過是幾顆藥也這麼吝嗇，欸，你們這家醫院是公立的吧？知不知道我認識很多議員？」中年男子逼近醫生，兩人的距離不到二十公分，「操妳媽的，信不信我打一通電話過去，妳明天就不用來上班了！」

中年男子身高將近一百八，醫生只有一百六左右，兩人明明有著這麼巨大的體型差距，然而醫生連退都沒有退一步，宛如面對著一團沒有威脅的空氣。

「就不必勞煩你這麼關心我的休假問題，其實我並不是急診室的醫生，現在只是過來幫忙而已。」

「幹！」中年人一巴掌打在醫生臉上，無框眼鏡彈飛了出去，「這個時候還敢對病患家屬酸言酸語，欠教訓是不是！」

醫生沒有說話，整張臉側向左邊，嘴角流出了血痕，附近其他的醫生與護理師開始趕過來阻止。

「原來不是急診室的醫生，難怪這麼三流。我爸是怎樣，是比較賤格嗎？所以用不到好的醫生？信不信我一把火燒掉你們整家醫院，操妳媽個逼！」

在其他醫生與護理師圍上來之前，中年男子抓住機會，又再度舉起左手……

必穩已經從後抓住中年男子的左手。

咦？我看向身旁，沒人，他是什麼時候過去的？

「夠了吧。」必穩怒道。

「你又是哪來的狗東西，把手給我放開。」中年男子當然不可能服軟。

「我只是一般的病患。」

「那你怎麼不去死？」

中年男子說的話引起眾怒，醫護人員圍成一圈紛紛給予指責，我想擠都擠不進去。顯然大家並不懂中年男子這種人的性格，他就是那種愛面子，故意擺譜來抬高身價的人，對付這類人最好的方式就是好聲好氣給他一個台階下，其餘硬碰硬的方式，只會把事情搞得更僵，嚇到更多無辜的病患。

果然中年男子更加不爽，掙扎了幾下左手依舊掙脫不了，右手立刻惱羞成怒地揮向必穩的臉。

必穩甩臉躲過，馬上就回敬一拳直接命中對方下巴，中年男子想必是過著菸酒不離身的生活，身子看著威猛，實則虛浮，瞬間就腳軟坐倒在地，恍神根本不知道發生什麼事。

「不要打人好不好！」

「請你馬上離開我們的急診室。」

「去請駐衛警過來。」

「在我們報警之前趕緊走吧。」

「我們不要以暴制暴。」

「你這樣做只是讓我們後續更麻煩而已。」

「趕快推一張床過來，讓這位先生躺著。」

所有的醫護人員開始反過來指責必穩，我搞不懂是怎麼回事。必穩面無表情，先前的怒火瞬間收斂，似乎轉化成一種更陰暗的情緒。

他緩緩放下雙手，沒有更多的動作，像極刻意站在暴雨中的人，微微搖晃的身姿看起來格外脆弱。

我伸手，硬拖著，將他拖出暴風圈，其他的醫護人員僅是擔心暴力造成傷痛，並沒有追究到底的意思，注意力全集中到剛剛暫時失去意識的中年男子身上，就沒有管我們了。

趁這個機會，我試著將必穩拖往急診室的出口……

但是他的視線依然停留在醫護人員身上，恐怕也是滿腹的委屈想要訴說。

「不要放在心上，他們有自己的難處。」我一邊勸一邊拖，手完全不敢放開。

必穩被我拖著走，像是沒聽見我的話。

拜託，千萬不要在這個時候情緒上來見人就揍啊。

我的額頭滿是冷汗，努力降低橫生枝節的風險，好不容易到了急診室的出口，自動門偵測到我們兩個身影，而發出低沉的開門聲……

沒想到他還是掙脫了我的手。

重新走回了幾步……

必穩高高舉起了右手，客氣地說：「這個傷口，謝謝。」

當然沒人有空回應他，他就像是在對一團虛無說話，連帶著使自己變成一團虛無的人。另外，最讓我吃驚的是，必穩似乎早就料到自己不會得到任何回應，仍不死心地想要再試試，看看最終的結果有沒有不同。

沒有。

□

我開始懷疑必穩是不是打了藥，有著無限的體力跟精力，離開急診室之後還繼續問我要不要去汽車旅館尋找……幸好他見我四肢發軟、臉色蒼白的模樣，打消念頭說先回家看看。

我們一起回去，黑衣人果然已經不見，如果不是整間屋子亂成一團，地上還有斑斑血跡，白天時的命懸一線宛若只是一場惡夢。

根本沒體力整理，也不管住址已經曝光，我一沾到那張二手的廉價彈簧床，立刻睡得比遭輪胎輾成肉片的老鼠還死。

隔天中午，我睡醒，發現身上蓋著一張薄被，睡眼惺忪地瞧見必穩準備兩人份的早餐，不對，是午餐，算了應該是早午餐，反正這都不是重點，重點是這鍋鹹粥看起來就好好吃喔。

「快來吃。」必穩擺好碗筷，「趁你在睡，我剛剛在附近找過一圈了。」

我替自己添了一碗，滿心的無奈不敢表現在臉上，眞希望他能夠早點清醒，認知到身染毒癮的女人不值得浪費時間去找回來，不過因爲愛神紅線的效果，我說得再多也是對牛彈琴，唉。

況且我們已經被金四角盯上，隨便在外面亂跑，風險實在是太高，現在最好的應對，就是我跟他隨便找一家飯店住一陣子，不要露臉，等風波過去再說。

我不知道該說什麼，就用嘴巴一直吃、一直吃，可惜整鍋鹹粥總有吃完的時候，放下碗筷，還是想不到該用什麼方式勸他不要再找燦燦了。

退一百步來說，就算我們躲在這個家裡，乖乖把門窗鎖好，也比在外面亂逛安全，金四角總不可能帶著槍炮或電鋸在眾目睽睽之下破門而入，打電話報警絕對來得及。

必穩將空的碗筷以及鍋子收走，主動拿去清潔，同一時間門鈴響了，估計是管理員來詢問昨天的狀況吧。

我愁眉苦臉地來到自家門前，習慣性地透過貓眼看……靠，萬萬沒想到，天啊，這到底是在開什麼玩笑？

居然是燦燦。

現在又回來做什麼？她五官所呈現的表情著實不對勁，感覺不像是剛嗑完藥的亢奮，也不像毒癮發作的頹靡，太冷靜了，那種強逼自己要冷靜的突兀感散發著不祥的氣息。

再透過貓眼看一眼，燦燦的身後出現一個男人，這個男人我很熟悉，就是神出鬼沒的死神。

接著，死神無聲無息地對著我，輕輕搖了頭。

我全身雞皮疙瘩都爬了起來，不能開門，絕對不能開門！

「是誰呀？」冷不防，必穩已經站在我背後，靠得好近。

「不不不不知道，可能是推銷吧，沒事的，你先過去休息。」我只能想到這麼爛的藉口。

必穩的臉湊過來，我慌亂了，手足無措，根本想不到辦法把他推開……

「不是推銷員，你搞錯了，是燦燦。」

一說完，他就將門打開，我根本找不到阻止的機會。

門開了，雖然燦燦看似還是那個燦燦，但是我很明確知道，一定有某個部分變得不同。

「我、我回來了。」她低下頭，雙手的手指頭都快要絞成麻花繩。

這不是羞愧或是難爲情，而是心虛，而必穩完全沒有察覺。

「有個人想要見你，拜託我轉介，你們、你們不會介意吧？」

「……」

這女人在開什麼玩笑？這一幕既視感也太強了吧，上一次、上一次……不對，是在故事中，本躲在山中別墅的燦燦，也是背叛必穩引來……引來了……

我張大嘴巴。

燦燦還是站在門外，這扇爲她敞開的門，卻成爲敵人的破口。

必穩再蠢也察覺到不對勁了，眉眼之間有著無奈與失望，但更多的是心疼……心疼？這男人是瘋了吧？我趕快拉著門把，試圖將門關上。

然而，他就這樣站著，無動於衷。

「如果連這道門都對她闔上，那她，就再也沒有地方可以去了。」必穩看向我，「對不起，請你快點逃……我一定會拖住他們。」

燦燦渾身都在顫抖，刻意壓低的哭聲，依然傳到我的耳中。

「哈……哈哈……」我不知道爲什麼要笑，卻還是荒誕地笑道：「你們瘋了吧？一個一個都瘋了啊！」

一眾凌亂的腳步聲出現，以一種沉重的節奏帶來四名穿著西裝的高挺男子，如同不祥的送葬者，恭送著神明來到凡間巡視。

果不其然，他們身後隱藏著一名老者，一身正式的灰色西裝，是名牌貨，縱使我叫不出品牌名稱，但看那樣的氣度，就是個大人物。

唯一奇怪的是，他踩著一雙廉價的木屐，露出整排腐朽的灰指甲……即便如此，整體氣勢上也遠比死神更像神明。

這些必定是金四角的人，可是沒有吸毒過度的那種腐爛與輕佻，神情非常專注，動作十分專業，這不是流氓，反而像是軍閥的私人部隊。

所以我根本就沒有機會逃。

「不好意思，叨擾。」老者穿過隨扈再穿過我與必穩，沒有任何不好意思的意思，找一張椅子自己坐下，對著門口方向揮揮手，「這個髒東西拖走，別在那邊丟人現眼。」

其中一名隨扈就帶走了燦燦，燦燦完全不敢反抗，僅僅是看了一眼必穩，做一個最簡單又最複雜的道別。

「你們想帶她去哪？」必穩當然想去救人。

「只是帶去車上而已，沒事、沒事的，不用緊張。」老者再度揮揮手，「年輕人，過來陪我坐坐。」

「我跟你們的恩怨不要牽扯到其他人。」

「過來坐坐就對了，相信我，否則我就會把對你的不開心，認定是那個髒東西的緣故，她未來的下場會很慘。」

「……」必穩百般不願意，還是過去坐下了。

「你也來，坐啊，不用客氣。」

「……」即便這是我家，我好像沒有拒絕的權利。

「你們好啊，承蒙江湖上的朋友看得起，大家都叫我一聲旗老。」旗老自綽其髯，相當和藹地微笑，「我找你們很久了，要不是那個髒東西買藥被我們發現，還眞沒猜到你們有膽子躲回這裡，聰明。」

燦燦就不能找一個非金四角系統的毒販買毒嗎？我要哭出來了。

「你到底想怎樣？」必穩滿臉警惕。

「突然跑來打擾，是有些過意不去，平時這些瑣事其實也很少由我處理，都已經是半退休的人了，要不是對你們感到好奇，才懶得多跑這一趟，哈哈。」

「先放他們走，我們怎麼談都可以。」

「這位朋友，我只是有一些問題要問，不用擔心。」旗老指的是我，旋即話鋒一轉，「至於那個髒東西無論如何都是要死的，你不必再多說。」

「我聽你在胡扯。」

「不要擔心，我跟鬼那種人不一樣，殺人就殺人不會搞那麼多噁心的花招。」旗老一臉厭惡，「我都有規定手下，殺人一定要人道，比照國家死刑的標準，都是直接打心臟。」

必穩怒然而起，咬牙切齒。

「坐下坐下，我真不明白你們年輕人，怎麼就看上這種髒東西？該不會你們都是她的客兄吧？」

「我們是朋友。」

「朋友能夠做到這種程度？」旗老困惑地說：「我聽過你的故事，你跟鬼的恩怨，證明你不是傻的，就是不怕死的。」

「是他欺人太甚。」

「我知道，現在道上的年輕人比起賺錢更愛搞事，鬼這種風格早晚出大問題，去死一死也好。」

「你不是要替他尋仇，那找我做什麼？」

「喔……坦白說，我活到這把歲數就不信眞有人不怕死，便想來親眼見見。」

「我們都怕死，只想回歸正常生活。」

「妥，那我們走了，你與金四角從此兩清。」旗老雙手撐膝，作勢要站起來。

必穩著急道：「等等，燦燦呢？」

「所以我就說吧，你眞的是不怕死啊，哈哈哈。」

「你有什麼條件，儘管衝著我來，先讓無辜的人走。」必穩指的是我。

旗老瞥了我一眼，道：「像我這種老傢伙能夠在這麼凶惡的環境活到今天，靠的其實是一根無形的雷達。」

「你到底在說什……」

「這一根雷達，幫助我趨吉避凶，甚至判別出一個人的眞實樣貌。而他……」旗老指的也是我，「太詭異了，不管是怎麼看，都太詭異了。」

……好敏銳的老人。

「……這算什麼理由？」顯然必穩就沒有那一根雷達。

「其實……你想救那個髒東西也不是沒辦法，但她畢竟是我們金四角的人，總不可能隨隨便便就放走，對吧？」

「你直接講出條件。」

「好，我就勉爲其難地當一回龜公，你幫我三件事，就可以替那個髒東西贖身。」

「那三件事？」

「這三件事都是同一件事，我只是要你的決心。」旗老揮揮手，站在後邊的隨扈就從口袋中拿出一張票券，「一千兩百萬的本票，你願意簽嗎？」

「……」

「願意嗎？」

「……」必穩手中拿著那張薄薄的紙，卻像有幾百公斤這麼重，從小家中的長輩就不斷告誡本票不能亂簽，想必他的家長一定也有這樣說過。

「你是獨子，早餐店未來是你的，這點錢不會是多大的負擔。」很明顯旗老不在意錢，是想趁機觀察反應。

「……」

「沒關係，還給我吧，那種髒東西要價這麼高，的確是沒這價值……叨擾你們太久了，告辭。」

「我簽……」

必穩接過筆，在我看不清內容的本票中寫上了名，一眨眼，就這樣揹負一千兩百萬的債務。

旗老這回是真的想走了，沒說別廢話，沒有得逞之後的譏笑，反而像是隱居深山的果農，來看看自己的果園，發現沒問題，就想回家泡茶休息，雲淡風輕的模樣。

我跟必穩還傻傻站在原地，旗老的其中一名隨扈刻意留下來……

「這手機給你，我們會傳送地點過去，你們兩個一起來。」

必穩接過手機，很想確認燦燦沒事，但對方根本沒給機會，一邊離去、一邊不客氣地說。

「另外好心勸告，不要找警察，因爲你們不知道我們買了多少警察。」

□

昏暗的市場，沒有光。

座落於無名巷，甚至在地圖上沒有名字。

距離早上四點市場的開工時間，還有三個小時左右，我和必穩來到這個鬼地方，還得靠手機的光，才能摸清楚前方的路。

空氣中始終有一股臭味，大概是蔬果腐爛的味道吧。

對方沒有給我們詳細的位置，我們只能像無頭蒼蠅一樣到處飛，直到發現前方的大便……不對，是發現前方的光芒。

十分謹慎地走過去，就看到有人正在揮手招呼，當雙方接頭，大家也沒有要做自我介紹的意思。

不是先前見過的隨扈，對方瘦瘦高高的身材，跟幽魂差不多的臉色，會不由自主駝著背，吸毒過多的公版印象，金四角養的小嘍囉幾乎都長這樣子。

他有些口齒不清，我們聽半天還是不懂到底在說什麼，眞擔心他的口水噴到身上，我不由自主地退後兩步，當然就聽得更不清楚了。

必穩現在滿腦子就是想著要怎麼救回燦燦，可以跟對方比手畫腳溝通這麼久，眞是不簡單……

隨後，對方踩著一種奇怪的步伐走了，必穩回過頭開始對我解釋。

「東西就在冷凍庫裡面。」

我隨著他的話語，往旁邊一看，黑暗中的確有一座如半個貨櫃那樣大的冷凍庫，估計就是市場的攤販，如果有需要保鮮的貨，會暫時跟市場的管委會租用。

「我看看，如果有什麼危險你就先跑。」

必穩有些猶豫，確認我做出隨時能夠逃跑的姿勢，緩緩地拉開了冷凍庫厚重的金屬門。

先是一道刺眼的光芒襲來，讓我不自覺瞇起了雙眼，接下來，是無邊無際的冷意，無論是體感溫度，還是心中的陰寒，都在一瞬間降到最低點。

我眞希望什麼都看不到……

冷凍庫中坐著一具屍體，應該是屍體吧，我根本不想確認，只是又默默後退了三、四步，試圖淡化這輩子第一次近距離看到屍體的衝擊感，可惜一點效果都沒有。

我很肯定，此刻的寒毛倒豎，跟冷凍庫散發的冷氣沒任何關係。

必穩比起我，實在大膽太多，一面靠近屍體、一面用手機確認剛剛收到的訊息，跟著唸道：「撿起刀，捅肉塊幾刀，刀扔掉，你們就可以走。」

「這是旗老的指示？」我不得不靠過去，這聽起來就是個陷阱。

人剛死不久，要不是胸口刀傷所噴出的血，導致下半身全是暗紅色，他給我的感覺反而像是睡著的人，表情彷彿在作著惡夢，凶手九成是剛剛離開的毒蟲，現在旗老要必穩持凶刀去捅屍體，意圖實在太過赤裸。

「應該知道，他是要栽贓你成爲殺人凶手吧？」我還是要確認一下。

「嗯。」

「我們就把冷凍庫的門關上，趕緊走了。」

「不能走。」

「只要握上那把刀，就會有你的指紋，只要踏進去冷凍庫，就會有你的鞋印，更別說還眞的捅了幾刀，跳到黃河都洗不清。」

「我明白。」

「旗老用這爛招想要毀掉你的一生。」

「我知道。」

「爲什麼你一邊說著我明白、我知道，卻沒有半點要放棄的意思？」我的頭好痛。

「我覺得自己有點不對勁。」必穩的視線依舊落在那具屍體上面，「不知道爲什麼。」

「不管是什麼樣的不對勁，都先離開再說，這時候只要有人路過，我們兩個要怎麼解釋？」

「……看到這一幕，我原本以爲自己會很憤怒……但是沒有，我搞不清楚爲什麼沒有。」他搖搖頭，抹了抹自己的臉，「好好一個人，就這樣子死在冷凍庫裡面。他一定有家人跟朋友，一定有自己的夢想，結果就莫名其妙死在這裡，跟死在老鼠夾的老鼠一樣，連一丁點的價值都沒有。」

「老實講，我們不認識他，說不定也是一條禍害社會的毒蟲。」

「無論是誰，都不應該這樣子死去。」必穩緩緩地蹲下去，撿起了刀。

「你知道這刀捅下去，代表什麼嗎？」我著急地勸，「趕快把指紋擦掉，還來得及。」

「無妨，你不用替我擔心。」

「你現在就很値得擔心……請想清楚，要是按旗老的指示做，那你的家人與朋友就得無緣無故失去你嗎？還有你的夢想怎麼辦，揹負這種前科還能當什麼警察？」

必穩忽然轉頭問：「你怎麼知道我的夢想是當警察？」

「……」

靠，完了，即便是站在冷凍庫的正門前，我的冷汗還是一滴一滴從頸間滲出來，嚥一口口水來拖延時間，顯然沒有任何意義，總不可能告訴他有一個叫作天庭的傢伙，控制我的雙手寫出幾十萬字的小說，其中你曾說過自己的夢想。

「眞不愧是小說家，觀察眞是敏銳，我好像也沒跟太多人說過，居然被你看穿了。」必穩靦腆地笑笑，要不是手上還有一把刀，根本就是溫柔的鄰家男孩。

「呵呵、呵呵呵呵……」我除了乾笑之外，沒別的事能做。

「不過夢想終究還是夢想，我這輩子……想要當警察救很多人，實際上能力遠遠不足，在現階段，我只要能救下燦燦就好了。」

「等等！」

「不好意思，要讓你看到這一幕。」他說。

必穩是一旦下定決心就會做到底的人，關於這點我從故事中就已經得知，可是當他堅定不移地持刀捅著死屍，便可以得知文字敘述與畫面衝擊完全是兩碼子事，必穩眞的眞的眞的是……一旦下定決心就會做到底的人。

屍體剛死不久，血液還沒有凝固，不過因冷凍庫的關係，變得格外地濃稠，番茄汁成了番茄醬，他的刀如同刺進皮膚色的叉燒包，暗黑色的內餡會隨著刀拔出而流出，還混著灰白色的脂肪。

我不斷乾嘔，直到必穩願意住手。

「你別吐，會殘留證據。」

「那你就別捅！」

「抱歉抱歉。」

「我現在有點頭暈……」

「沒事吧？」

必穩扔掉刀子，一把關上冷凍庫的門，趕緊過來攙扶著我。

他的體溫很溫暖，驅除掉大部分的陰冷。

我虛弱地指著前方，只想趕快離開這個鬼地方。至於燦燦、至於屍體、至於必穩未來要承擔的風險，我都不想管了，病毒肆虐就肆虐吧，世界末日就末日吧，不關我的事！

□

事實上是不可能不關我的事。

愛神的紅線太可怕了，人家說愛情讓人盲目，但必穩根本是中毒狀態，徹徹底底失去自我，連生物的自保本能都沒了，對比起燦燦就算吸得再茫，也懂得遇到危險要逃命。

燦燦就是一種毒，我肯定這個事實。

坐在某家未開的藥局店門前，我疲憊地抬起頭，如淋浴般迎接清晨的陽光，很累，卻不想回家去睡，我擔心會將嘔吐物、腐敗物以及不祥的厄運帶回去，至於必穩現在在哪裡……隨便了，我不想知道。

唉，從毒品出現在人類社會至今，最終的下場不是毒毀就是人亡。

「比的終究是決心……」我雙手握拳，卻抖得更加厲害。

「毀掉毒品的決心嗎？」死神出現在灰濛濛的晨霧中，我已經習慣了，沒有被嚇到。

我不想回應。

死神坐在我旁邊，淡淡地說：「是殺人的決心吧。」

不想回應，我最討厭這種直覺敏銳的死神。

「你覺得燦燦一死，可以挽救這一串即將邁向悲劇的因果嗎？」

「不知道，我只是討厭悲劇。」

「反正做與不做我都會死。」

一種是病毒殺了我，一種是死刑殺了我，本質上並沒有區別。

因爲愛神紅線的關係，必穩失去正常人的判斷，爲了讓他恢復正常，我還有其他選項嗎？沒有，現在我們就是在一列奔向懸崖的火車裡，然後還坐在座位上，正方反方交叉辯論考慮道德的問題。

燦燦本來就會死啊，本來就會死的人死了，算是我殺的嗎？

這在邏輯上絕對不通吧？

這輩子不知道經手過多少條性命的死神，只是用一種很淡漠的眼神望著我，彷彿這樣子的內心交戰，他早在幾百、幾千年前就經歷過，此刻不過是個再簡單不過的答案。

「我只知道必穩不能死，無論如何都不能死。」我的雙拳握得更緊，試圖加強自己的信念。

「爲什麼他不能死？」

「如果他死了，後面會開啓一大串、一大串……」我極力強調，誇張地描述著，「一發不可收拾的大麻煩，所有的人、所有的神都捲入裡面。」

「只是因爲這樣嗎？」

「我眞的、眞的不知道該怎麼跟你解釋……」我突然很想把那幾篇故事，通通掏出來甩在他臉上。

死神調整了一個坐姿，手撐著額頭，說：「你知道嗎，像財神的對立面，是窮神，而死神的對立面……」

「是藥神，我很清楚。」

「不，我覺得不是。」

「那是什麼？」

「我覺得……是愛神。」

「……」

「經過這麼漫長的歲月，我漸漸發覺，愛與死其實是一體兩面的。」

死神一點都不像是在開玩笑，那眼尾的皺紋凝結得更深，宛若千百年的智慧，都融入在這幾條痕跡當中，進而得出了如此古怪的結論。

就算他這麼認眞，我還是忍不住想要吐槽幾句，正在思考要如何吐槽得精準又犀利，碰巧必穩不知道從哪裡冒出來，一整個臉色變得很難看，讓我忘記原本想說的話，專注於他的肢體語言上，內疚、慌張、紊亂。

「發生什麼事了？」我不必轉頭確認死神還在不在，他一定還在，只是不存於我們的塵世。

「剛剛收到電話了，他們還希望我們去做最後一件事。」

「什麼事？」

「……」必穩一時語塞。

連冷凍庫的屍體都能上去捅幾刀的男人，居然有開不了口的時候，我瞬間毛了起來，旗老到底還想怎樣？

「先等等，你考慮清楚所有的後果了嗎？」

「不好意思……你可能還是得跟我一起去。」

「……」

「我們眞的要爲了燦燦，將擁有的一切全部放棄嗎？」

「……我、我一定會盡量不牽扯到你。」

「問題不是我，問題是你眞的願意嗎？」

「……」必穩有些動搖，我看得出來。

「現在收手還來得及，我們已經盡力了，是不是？都做到這種程度，相信沒有人可以再指責我們見死不救，對吧？」

「……」

「朋友，這次聽我的好不好？我們先去報警，讓專業人士介入。金四角是這麼棘手的黑道組織，當然要交給警方處理，我們這種死老百姓又能做什麼？交給別人吧。」

「必須是我……」

「爲什麼？拜託告訴我一個理由。」

「這個世界除了我之外，沒有人會救她了。」

必穩對自己說出的，顯然深信不疑……像是天下地上唯一不變的眞理。

現在換我什麼都說不出口，愛神的紅線讓他連雙胞胎姊姊的安危都能放棄，燦燦對他而言已是不可侵犯的信仰，我就算以死相逼拿刀割自己脖子也無法改變。

現在哭出來，想必不會有人笑我軟弱吧。

燦燦非死不可，我在此刻肯定。

「我們……再來該去哪裡？」我苦澀地問。

「要去了才知道。」必穩轉過頭去，慢慢地走向捷運站。

我可以透過他後腰間上衣部分的鼓起，判斷出那是一把刀，忽然打從心底感謝他的隱瞞，至少讓我在這段路上，不至於緊張到當場吐在捷運車廂裡。

還有，我可能也需要一把刀。

□

必穩帶我來到一個怪地方。

或者說太正常了反而很怪。

這是一間在公寓二樓經營的家庭美髮廳，如果是專給男士修容的類型，我還覺得合乎目前提心吊膽的氣氛，結果是婆婆媽媽一起電頭髮順便聊是非的場合。

更怪的是當我與必穩推開門一起進入之時，所有的婆婆媽媽都透過座位前的鏡子看見了，卻統統當作沒有看見，完全一致的默契，宛若先前經過彩排。

必穩繼續往室內走，既然是家庭美髮廳就是用一般民宅去改的，規格就跟一般民宅一樣，白天時開門營業，傍晚關門日常生活。

我跟進去本該是主臥室的房間，裡頭卻簡單得好像硬生生地將內外切割成兩個世界，外頭明明是那樣的雜亂。

一張床，一張桌，一個男人。

當然還有其他物品，但這個房間就眞的帶給我這樣的感覺，除了這三者再無其他。

「你來了。」坐在椅子上的男人連頭都沒抬，繼續翻閱桌面上的報紙。

「嗯……」

「爲什麼會突然找我？」

「因爲我……我想問一下……」必穩明顯在說謊，而且還很不會說謊。

「這一位是誰？」男人突然轉變了話題。

「是朋友。」

「怎麼認識的。」

「登、登山活動。」

「嗯。」

男人應了一聲，注意力又重新放回報紙上。

必穩就站在桌邊，與男人不過一公尺的距離，隨後他的右手緩緩移向自己的後腰……我打了一個冷顫，終於確認旗老最後的指示，是要男人的性命。

就算是隔著一段距離，我依舊看見他的手在顫動，耳後是猶豫不決的冷汗。

男人突然問：「最近你們姊弟過得好嗎？」

「還可以吧。」必穩慢慢將右手放下。

「要多照顧自己姊姊，她有時候會想得太多，你要多勸勸。」

「好……」

「嗯。」

房間又再次沉默了，這種沉默就像是把空氣全部抽乾的眞空狀態，會殺死所有的生物，譬如說，我。

異常的壓抑，此間的主人並沒有要趕走我們的想法，我們也沒有要離開的意思，雙方就僵在這邊，如踩在高空的繩索上，隨時有可能墜落摔成肉泥。

必穩整張唇發白，似乎都忘記要呼吸，右手再度緩緩地移動向後腰，用很慢很慢的速度，不想被任何人發現。

男人冷不防再問：「對了，聽說你又重考，目前還順利吧？」

「還、還可以……」

「壓力很大嗎？」

「是。」

「這就是血統的基因遺傳……男性總是需要揹負更多的責任。」男人輕輕地笑了，這是他給我們的第一個表情，若有所指。

「……我之前有透過她，知道一些過去的狀況。」必穩的語氣明顯改變，右手又再度放下。

「……」男人的那抹笑意消失。

不要再陷入沉默了！我求求您二位，要嘛大家說聲再見、要嘛說點什麼啊，這種無聲的凌遲，不如一刀從我左耳刺進去然後從右耳出來算了。

所幸男人這次很快就繼續說道：「你有你的家人，我有我的，彼此珍重即可。」

「她也是我的家人。」必穩的每個字突然都帶點鋒芒。

「是不是家人要看我怎麼定義。」

「她就是她，她認爲我是家人我就是，關於這點我不會退讓。」

「你退不退讓都沒有任何意義。」

「……」

他們談到此，我混亂的腦袋已經完全跟不上了，這裡是哪裡？他是誰？她又是誰？我的掌心全是手汗。

必穩不知道想到了什麼，原本就不受控的情緒果然在這關鍵時刻冒出，他的上半身向前逼近，右手在我不注意的時候已經握住了刀柄，老實講，目前的距離，只要他把刀抽出來刺過去，神明也不可能救得下來。

不能讓旗老得逞，亦不能讓愛神得逞，現場只有我能夠阻止，但是我四肢發軟，連瞳孔都在輕顫，現在該怎麼阻止？打電話報警來得及嗎？

廢話，當然來不及。

以我的距離的確有機會搶下刀，可我這一搶等於是宣告必穩的計畫失敗，要再殺這個男人的難度會大大提升，另一頭的燦燦必死無疑，死神的業績加一。

我甩甩頭，準備動手。

「不要用這樣的眼神看我。」男人抖了抖報紙，自言自語地像在對自己解釋，「除了她，其餘的，我問心無愧。」

那就是對她問心有愧的意思吧，我聽得出弦外之音。

「……」必穩的情緒因男人的這番話漸漸得到控制，右手慢慢鬆開，五官變得比較柔和，甚至隱隱約約帶一點同情，「我要走了。」

「確定嗎？」男人問。

「嗯。」必穩扭頭就走。

我鬆了一大口氣，在短短三秒鐘內感謝了我的祖宗十八代，然後再花了三秒鐘感謝所有神明，終於可以走了，所有的痛楚到此畫下句點，謝謝謝謝，眞的謝謝。

「眞的確定嗎？下一次我不會再見你了。」男人再問。

「確定、確定，就此別過。」我推著必穩趕緊往房間外走。

回到了婆婆媽媽們的美髮廳可謂是恍若隔世，聽見她們繼續在八卦，誰家的兒子搞了外遇，誰家的女兒釣了新的金龜婿，突然覺得好親切、好感動，想要停下腳步加入話題閒聊幾句。

必穩用一種怪異的眼神看我。

我想對他解釋自己劫後餘生的感觸有多深。

恰好又有人進來，這次是一個光頭的彪形大漢，手上提著一袋文書，那銳利的眼神以及毫不掩飾的鋒利氣息，像是久經沙場的職業軍……

「……」我整張臉扭成一團。

職業軍人？

他就是司機嗎？謝律師的保鏢、司機兼殺手？

「不會吧？」

所以我剛剛看見的人是……傳說中在台灣黑暗面興風作浪的謝律師？

「謝律師？」我說得非常小聲，彷彿惡夢中的夢囈。

必穩一見到司機就異常警惕，拖著完全傻掉的我，趕快朝美髮廳外頭走去。

所以她……他們口中的她，是指這一次末世事件的引爆點。

謝律師的女兒，必穩與必安的表姊……

謝雨琦。

小雨。

□

「喂，你剛剛不會眞的想殺人吧？」

「……」

必穩沒有回答我，陰沉得有些可怕，我們一起杵在捷運站附設的手機充電站，他可能專注在手機的電量表所以才沒有聽見，而我也沒有勇氣再問一次，深怕得到我不能承受的答案。

捷運站來來回回的人流，如同穩定祥和的海平面，我們就是一艘破船，即便無風無浪亦會沉沒。

經過緊張的交鋒之後，我的肚子餓了，還好下面的樓層就有地下街，等等就可以飽餐一頓，讓血糖衝高，治癒我疲憊的靈魂。

「我沒有要殺他。」必穩的雙耳網路至少延遲了兩分鐘。

「看起來不像啊……」

「我原本只是想拿手指和耳朵回去交差，說不定可以騙得過他們。」

「……你這樣講完全沒有比較好。」

「我想不到其他的辦法。」必穩苦笑，濃濃的無奈，這是一種眞的無計可施的無奈。

「最後，爲什麼沒動手……」

「縱使我萬分厭惡這位舅舅，可是我實在動不了手。」

「原來是你舅舅。」我的戲也得演全。

「小時候其實他很疼我，又是了不起的律師，感覺無所不能。可惜這些年他實在變得太多，已經算是陌生人。」必穩沒有多少懷念的意思。

「那現在呢？」我試探地問。

「我跟他們約個地點見面，嘗試透過談判更換條件。」必穩尋思道：「我冷靜後想了很多，旗老跟鬼哥不同，至少有腦袋，不是單純的神經病，只要我還有剩餘價值可以利用，他們就不會殺死燦燦。」

我有點開心他終於恢復理智，不開心他還是滿嘴掛著燦燦，燦燦的問題不搞定，我們會永遠卡在這個死循環中無法突破。

「金四角這種組織，不可能隨隨便便就算了。」我勸。

「放心，我已經……」必穩張開嘴，啞然片刻才又說：「不一樣了，完全不一樣了。」

不知道爲什麼，我居然知道剛剛他閃過怎樣的回憶——一定是當時在ＫＴＶ跟鬼哥初次見面的畫面，大概是因爲他瞳孔中流露出的懊悔與自責，必然是指向了一切災厄的起點。

如果當初忍氣吞聲就好了、如果當初正義感減少一點就好了……我不信他沒有這樣問過自己。

充電的手機發出警示聲提醒收到訊息，必穩點開來看，全神貫注卻又疲勞的神情讓我感到心疼。

「跟我猜的一樣，他們同意見面再談。」

「我們又得跑到哪？」

「這次他們沒特別要求你去。」

「咦？」

「沒錯，這次我一個人去就可以了。」必穩對著我咧開嘴笑，讓我想起他其實剛滿二十歲沒多久，就是個學生的年紀。

「……」我默然。

「抱歉，我們認識不久，就拖你進這個泥沼，不，這已經算是熔岩了吧。」他還有心情說笑。

「……」

「那我先走了，之後我跟燦燦一定會上門拜訪你，好好地向你道謝，報答這段時間的恩情。」

「……這是什麼可怕的Flag啊。」我愁眉苦臉。

「謝謝。」必穩拍拍我的肩。

我撥掉他的手，嘆口氣道：「走吧，一起去。」

「你別再摻和進來了，如你所說，金四角很危險。」

「都已經跟到這裡，我沒辦法中途放棄。」

「……」

「別跟我說什麼之後會來跟我道謝，要道謝就今天，等救回燦燦之後。」

「謝謝。」必穩又拍拍我的肩。

這次我沒有撥開，繼續說：「如果金四角繼續咄咄逼人，我只能夠打電話報警，向外人求援了。」

「仔細想就知道，他們把事情鬧大沒有好處。」

「但我們還是要有心理準備，如果遇到這個情況，我可以報警吧？」

「燦燦……」

「可以吧？」

「嗯……也只能這樣。」

「好，非常好。」我不管三七二十一直接握起他的手，上下搖一搖當作成交，「就這麼說定了。」

「我們一起承擔風險，理當尊重你的意見。假設待會遇到什麼危險，記得第一時間先逃跑，不要有任何顧慮。」

「放心，用拖的我也會拖著你一起逃。」

「……」

「別再說廢話了，我們現在到底該去哪裡？」

他指向捷運站的三號出口，評估道：「只能夠搭計程車去了，那是一片重劃區，沒有什麼人。」

「是嗎……」我嘀咕。

重劃區在我的印象中就是鬼城的代名詞，是政府與建商聯手打造一個新城鎮之前的過渡狀態，生活機能不足，基本上不會有居民，但一棟又一棟的高樓，興建好的或是興建中的，都在努力勾勒出未來美好的繁榮樣貌。

「當地的……派出所應該已經設立了吧？」我好不安。

□

沒有，無論是派出所還是警察局，至少都離十公里遠，警察能夠及時到場救援已經是一種妄想。

我們一路走來，遇到的建築工人比居民多十倍，延伸出來的基本生活需求，被各大工地自己經營的福利社取代，想要買飲料或者是買包菸，會比找超商方便許多。

這一大片土地，未來會發展成繁榮的都市嗎？可能會吧。那未來繁榮的樣子，我看得到嗎？突然覺得有些疑惑，對比起虛幻的榮景，我會比較相信親眼所見的，飛揚的黃沙以及遍地的建材廢棄物。

從極端一點的面向來看，說是鬼城一點都不為過。

是有地址，衛星導航的地圖卻沒有更新，必穩靠著雙眼辨識路牌，一步一步接近旗老指定的位置，越來越遠離施工中的刺耳噪音，同時更接近了鬼城的概念。

這個區域的建案已經完工了，大多數是以電梯公寓為主的建築，外觀上沒有大社區那麼華麗，無花園、游泳池之類的公設，但是樸實無華的外觀，還有較低的樓高，我反而比較喜歡。

「到了，就是這一棟的五樓。」必穩停下腳步。

依循他的指示，我抬頭一望，約五層樓高，走的是古典雅緻的風格，感覺裡面全住著教授、學者，如果口袋夠深，這是我願意付頭期款的類型。

然而，我現在完全不想踏進去。

尙未徹底完工，電梯門上還有封條，我們只能乖乖爬樓梯上去。

過程中我不停反覆交代必穩……也可以說是不停地碎碎唸，希望他明白留得青山在不怕沒柴燒的道理，不要莽撞、不要衝動、不要盲目，要救燦燦肯定還有許多方式。

他沒回應，不是刻意的，我想他是根本沒聽進去。

我深深地嘆口氣，讓這聲嘆息迴盪在空曠的樓梯間。

一直到旗老指定的門牌號碼前面，必穩才突然回過頭非常嚴肅地說：「等等就交給我，你待在門邊。」

「……好。」

我們像是潛入了什麼邪惡組織的祕密基地，原本還以爲要敲一個暗號好讓對方開門，結果門根本沒上鎖，輕輕一推就開了，沒有想要隱藏的意思。

一進去屋子，陽光明媚，採光度接近滿分，我甚至都能看見灰塵粒子閃耀著獨特的光芒。原本預計出現的旗老、隨扈、黑衣人通通無影無蹤，還是躲在其他的房間，我不知道，可是我的雞皮疙瘩竄得滿背都是，說不出原因。

「怎、怎麼回事？」我如同站在地雷區中間的人，腳步完全不敢挪動。

「是我搞錯地址了嗎？」

「不然我們兩個像是來看預售屋的人，很奇怪吧！」

「不，我肯定地址沒錯。」必穩再三確認之後依舊一頭霧水。

我們交換個眼神，分開行動各自在屋內搜索，根據我過去的閱讀經驗和創作訓練，這一定不是失誤搞錯地址，而是最終魔王要玩弄主角群時所設的一個局。

看似正常的空屋會隱藏某種不起眼的陷阱，引誘著我們越追越深入，最終要攻克某種程度的難關才有辦法達到目的。

在主臥室細細找過一圈，連地上的空菸盒都被我撿起拆開，瞧瞧裡頭是不是有藏著紙條……

「快來幫忙，在後陽台！」

我聽見必穩的吶喊，扔掉破爛菸盒拔腿跑去。

這樣子的叫聲很不妙。

後陽台就像是被一團黑暗所籠罩，我知道目前日照是從前陽台進來，所以後陽台沒有日照，會變得比較陰暗完全是正常的物理現象，但是……但是、但是但是但是眼前的黑是更深層、更駭人的。

「有、有沒有什麼方法？」必穩急聲問。

我的腦袋根本無法反應。

消防用的緩降梯，像小型怪手一樣支撐腳釘死在地面，改裝過的吊臂懸在陽台外的半空中，僅僅用一條我分辨不出材質的繩子吊掛著燦燦，她被捆綁在那不知道多久，身體虛弱得無法說話，雙眼盡是淚水與恐慌，原本細嫩的臉蛋已經被揍得看不出原貌。

她彷彿是遭到蛛網包覆的蝶，而蜘蛛並不打算食用，只是惡意地用一根易斷的蛛絲維繫著獵物的性命，來滿足比食慾更高級的慾望。

「先不要動……」這是我的腦袋恢復運轉之後所做出的第一個判斷。

「感覺那繩子隨時會斷啊！」必穩靜不下來。

「你仔細看清楚。」

維繫燦燦生命的繩子，其實還綁著一台手機，手機背後還有一團接近拳頭大小的東西，我無法得知是什麼。

我接著說：「因為是新的建案，陽台沒有加裝鐵窗，這圍牆頂多到我們的腰邊，他們又故意去改造吊臂，讓燦燦離我們一點五公尺遠，擺明就是要引誘我們去抓，然後一起摔下去。」

「找個長的東西把她勾回來？」必穩雙手張開、比得好直，可周遭就是沒有這種東西。

如果有鄰居的話，可以去借個曬衣竿，無奈的是附近根本就沒有鄰居。

「我……我到樓下去找找看有沒有鐵杆之類的？」

「麻煩你了，我來試試看最原始的方法。」

必穩一下子就跳在圍欄上，拿自己的生命在開玩笑，這可是五樓的高度，摔下去必然沒有什麼僥倖的機會。

「我先說，假設你掉下去，燦燦我一個人是幫不了的。」

「我們必須雙管齊下。」

「快點下來，你這個叫作雙管齊死。」

「問題是燦燦現在……」

「先冷靜。」

「我……」

必穩似乎有些動搖，冷不防，那支手機響了起來。

並且自行接通還使用了擴音模式。

「喂喂喂？有人聽得到嗎？這個是這樣用的對吧？」

旗老的聲音透過揚聲器傳進了我們的耳朵。

「到底是有沒有人？這東西該不會壞了吧？」

「你到底想怎樣！」我鼓起勇氣。

「喔原來有人，看來這新玩意兒真的能用。」

旗老一派輕鬆的語氣，與現場的氣氛形成強大的反差，他似乎在詢問身旁的隨扈，以痛苦為代價的遊戲該如何操作，完全不在意我們是活生生的人，而不是可以無限複製的虛擬人物。

「你們兩個都在吧？抱歉，我這種老人實在不太會用。」

「你怎麼敢對燦燦做這種事！」必穩根本壓不住怒火。

「年輕人火氣不要這麼大，我們是誠信買賣，一手交錢一手交貨，你沒交錢那自然貨還是屬於我的。」

「你的條件我大部分都達成，只是要殺人我實在是沒辦法。」

「好，我能理解。」

「我們換一個條件吧。」必穩為救人，慢慢地控制住情緒。

「不用。」

「不用？」

「嗯，我人在飛機上，要去中國見朋友……況且這又不是什麼大生意，大家一直討價還價太累了。」旗老忽然吩咐隨扈，「去問問看還有多久到，這種私人飛機坐起來真不舒服。」

「……」必穩愣住。

「總之，如果謝律師能死當然好，沒死也沒關係，他的藏身處再多也有被我挖完的一天。」

「除了這個之外……」

「除此之外，你看一下地上，有一個信封對吧？」

我蹲下去撿起那張印有腳印的信封，心臟跳得好快，雙手都在顫抖，直覺讓我抗拒信封裡頭的物品。

必穩不解地看我，用眼神催促我趕緊打開。

我緩緩拆開信封，裡頭其實也只有一張紙，輕薄得只要我放手就會被風吹走……

問題是，我卻像手舉著二十公斤的啞鈴，連站都快要站不住。

必穩的表情也從一開始的不能理解，再到驚訝，最後落在了彷徨，呼吸變得格外急促，乾澀地說：「有什麼新的條件……我們可以再談一談，不需要這個樣子。」

「我沒有什麼其他的條件，你不用緊張啊。」

「除了去殺人之外，要我做什麼都可以，我保證。」

「沒有啦，我現在也不需要你去殺人了。」

「不，不是……就算是去殺人也沒關係，請你再考慮一下……」

「我老了，腦袋瓜子不太靈光，哪能一直考慮呀。」

「給我一個機會，請給我們一個機會！」

「給過了，唉，反正就這樣吧，我等等要到機場了，一直講電話的話，空姐會生氣。」

「……」必穩絕望地張大嘴巴。

我手上捏著必穩曾經簽過的本票，咬著下唇，忍著不哭出來。

這張本票代表的意思很明顯，旗老不在意這點錢、不在意這一場交易、不在意燦燦是死是活。

他要殺人。

燦燦哭了，像是用了最後的力量。

「一定還有什麼是需要我做的吧？莫名其妙殺死一個人對你們有什麼好處？你留我們一條性命，未來一定有更多的回報，我不相信你完全沒想到這點！」

「有想到。」

「對吧，一定有吧？」

「後來想一想就覺得很麻煩，所以還是算了，要不是有人說可以趁機測試一下新的玩意兒，我才懶得再打這通電話。」旗老朝隨扈大罵，「到底是不是這個按鍵？什麼？我按到音量鍵？這到底是啥破爛。是上面這個？」

「你……爲什麼……讓他們這樣對……我？」燦燦哀怨地問了必穩。

「我會救妳，我一定會救妳。」此刻的必穩是眞的願意犧牲整個世界去達成自己的承諾。

我手腳發冷，想喊出什麼，可出口的僅是無意義的嘶啞。

燦燦用盡力氣哭道：「騙子……給我滾，我……我再也不想看到你。」

必穩沒有聽話，奮不顧身地攀上緩降梯，上半身全壓在吊臂上，伸長自己的右手想去拉維繫燦燦的繩子，卻始終差了一點點。

「別過來……不要再過來了……我看到你這種人就覺得噁心！」道貌岸然，說一堆好話……」

必穩不理會任何言語，好像雙眼中只有那條繩子。

「說要幫我，老是說要幫我，可是我現在……我現在呢……滾，快點給我滾啊……」

必穩的指尖就只差三公分吧……到這種時候，我由衷希望他可以勾住那條繩子，縱使結局不是我想看見的。

「咳咳，好了好了，我知道該怎麼按了。」旗老偏低的嗓音又再次從揚聲器傳出，「話說這個爛貨也算是很努力，被揍成這樣，卻始終沒有說出更多有用的消息。」

「那是我什麼都不知道！」燦燦尖銳地吼。

「妳……」

很明顯，必穩的目光在這一瞬間變了，變得同情與不理解。我同時明白，其實關於謝律師的消息……不對，應該是關於家人的消息，他一直以來都有告訴燦燦，包括那家美髮廳的位置。

如果旗老知道美髮廳的地址，只要派十名殺手，一股腦衝進去，任憑司機的武力再強大，都勢必會死在當場。

「這爛貨到最後還是守著基本的仁義道德，所以我也給你們些告別的時間吧。」旗老頓了頓又繼續說：「這個可以調整時間……嗯，一分鐘，醜話我先說在前面，這手機一分鐘後就會爆炸了，該逃跑的記得逃跑，否則不小心死掉的話，我可不管。」

通話結束，手機的螢幕開始從六十秒倒數。

當必穩的手即將勾到繩子的時候，我們很明顯可以看見手機與繩子是連成一體，如果硬是破壞手機，先不管會不會爆炸，但繩子必然會斷裂，燦燦沒有生還的機會。

「還不快滾！」燦燦放聲尖叫。

已經整個人趴在吊臂上的必穩身軀變得很僵硬，要去拉繩子的手懸在半空中顫抖，沒有再更進一步。

雖然沒有說出口，但是我從他落下的眼淚感覺得到，必穩認知到一個事實……就是在僅剩的四十一秒鐘之內，不可能救得下任何人。

挺起上半身，他慢慢地側坐在吊臂之上，映入我眼簾中的這道身影，如同歷經風霜的枯枝，沒有風，沒有震盪，卻漸漸地碎化成灰，像是一聲充滿疲意的嘆息，短暫存在，無足輕重，很快就消逝而去。

「快回來！」我激動地大喊。

「我突然……有些累了。」必穩輕輕地說。

「不要開玩笑了。」

「嗯，抱歉。」

「你才二十歲，別搞殉情這一套。」

「我只是累了。」

「這就是你要的嗎？那你心心念念的正義該怎麼辦？」我不滿地喊叫。

因爲時間就只剩餘三秒。

必穩終於願意回過頭，讓我看見他最後的樣子，那是淚水與笑容同時存在的表情，一面是對這個命運做無聲的抗議，一面是希望我釋懷，不必再掛念。

「我要的正義很簡單，可惜這個世界對我來說太複雜。」

「不要這樣對我啊！」

我喊破喉嚨，仍然蓋不過爆炸的聲響。

爆炸威力並不大，但足以炸斷繩子，足以讓吊臂劇烈震盪，必穩無法倖免地摔落。

我的腦袋一片空白。

黑色的死神站在我身邊。

□

燦燦的死狀淒慘，頭部整個碎開，我根本不必確認。

必穩的狀況也不是很好，左腳呈現九十度轉折，頭部與軀體其他部分皆有傷口，可能是因爲墜在景觀植栽上面，沒有直接受到衝擊，現在還有呼吸……糟糕，我的淚水一直滴在他失去意識的臉龐，伸手去抹，指腹全是紅色。

「對不起……對不起……」

我除了打電話叫救護車之外，已經不知道還能做什麼了。

淚水不停地阻礙我的視線，鼻涕妨礙我的呼吸，我痛苦得像是從心臟的部分開始向外裂開，快要四分五裂了，眞的，我劇烈地喘氣。

「到底……爲什麼、爲什麼會變成這樣子……」

我跪在必穩身旁，擔心他的手骨有裂，連手都不敢握。

「讓我來吧。」死神拍拍我的肩。

「滾。」我用力推開死神，怨恨道：「你不要碰到必穩。」

「生死有命。」

「我去你的命，現在必穩還在呼吸，就表示人還活著……」我嘗試堅強，要保護必穩最後的機會，「你要的業績在那邊，不要靠近這裡。」

「與業績無關，這是我的同情。」

「不要說得……他好像必死無疑的樣子，你又不是醫生。」

「我看的不是醫學，我看的是氣數。」死神不像是在說謊，語氣中眞的是滿滿的同情，「神明看一個人的未來的確不是百分之百準確，可這是我們吃飯的傢伙，通常不會偏離得太遠。」

「別跟我說這些，剛剛危機之際，爲什麼你不幫忙？」

「我們不能如此直接地干涉塵世。」

「你現在就在干涉了啊。」

「不能如此直接影響兩條人命。」

「好，不能直接影響，那你就不能給我一些提示嗎？告訴我這裡有一個手機包著炸彈有這麼困難嗎？」

「……」

「就眞的這麼困難嗎？」

「如他所說，這個世界太複雜。」

「……」我的雙耳一直不斷地迴盪必穩說出這句話時失望的語氣。

「想要一個好的結局，談何容易，悲劇之所以會是悲劇，並不是故事內遇到的阻礙或是敵人，而是主角自己的性格造就了不幸的結局。」死神凝視著必穩的雙眼，「我不像你是個能寫出故事的小說家，但我經歷過這麼長的歲月，也看過了不少人生。」

「你這種說法不就……代表我所有的努力全是徒然嗎……」

「這也是我千百年來都參不透的問題吶。」

「……」

「或許用更長遠、更宏觀的角度來看，因果根本就不可能改變。」死神的臉色變得很難看，已經不像是在對我說話，「這麼多年來阿爺跟小茱反覆證明，因果是由命運與個體意志組成的……」

「你到底在說什麼……」

「某天，你以個人意志去買樂透，再經過命運也就是財神神權影響，就中了頭獎，那我們會說樂透的中獎率是百分之百嗎？不會，因爲我們把時間拉長去看，會開始慢慢地修正，其他的人去買不會中獎，中獎的機率終究還是這麼低。」

「……」

「像他這樣子的個體，縱使被救了一次、五次、十次，時間拉長來看，依然難逃一劫。」

「這只是你在說的，你這種講法沒有任何證據！」

「不要再讓他受苦，讓我幫忙吧。」死神再度伸出了手。

我護在必穩身前，不平地嚷嚷道：「爲什麼這個世界對好人這麼不公平？」

「人的一生有許多的階段與面向，不可能用簡簡單單的『好』或『壞』去概括。」

死神的口吻依然不像是在對我說話，「你可能會認定燦燦是壞，然而她在生命的最後還是讓我看見人類好的一面。」

「你走吧，別再待在這裡，讓我陪他等救護車。」

「老實說，我並不愛使用神權，可是爲了讓他早日解脫，我願幫忙。」

「你有你的神權，我也有我的辦法加速愛神消逝！」我齜牙咧嘴，像極除了跳牆之外無路可走的狗。

死神後退一步，不是害怕，反而更接近同情。

「我實在是看不出來你究竟想對抗什麼……如果說因果是無法對抗的，那你現在又在堅持什麼？」

「我要對抗的就是愛神，這一切全部是她的陰謀。」我豁了出去，「從最一開始，愛神濫用神權，將紅線綁在必穩跟燦燦的身上，才會讓他變得如此偏執，跟神經病一樣用自己的一條命去救素昧平生的女毒蟲。」

「……」死神愕然。

「如果不是因爲紅線，必穩現在還健健康康的，哪有讓你賺到業績的機會。」

「你到底在說什麼？」

「不要替愛神裝傻。」我氣急敗壞，怒喊：「我全部都透過故事知道了，必穩與燦燦的紅線就是罪魁禍首。」

「不對。」死神搖頭。

「你憑什麼說不對？」

「因爲紅線沒有綁住燦燦。」

「胡說八道！」

「紅線是綁在你與必穩身上。」

「……」

「唉。」

「……你說什麼？」

「言盡於此，時間不多了，你快走吧。」

「紅線是綁在我跟他身上？」我無意識地喃喃自語。

我完全無法接受這個事實，愛神的紅線在故事中是千眞萬確綁住必穩與燦燦，跟我哪有一點關係？是不是死神在說謊？可是不像，我心中幾乎崩潰的痛苦，難不成眞的是因爲紅線……不不不，不可能，故事一定是正確的！

「故事是正確的……故事一定要是正確的啊……」

「我不明白你口中的故事是什麼，但已經隱約能聽見救護車的聲響，你快離開。」

「沒錯，故事一定是眞的。」我彷彿是個溺水的人，抓住一條紙製的船，「如果沒有紅線，那必穩怎麼可能爲了毫不相干的女毒蟲做到這種程度？」

「爲什麼不能？」死神反過來問。

「這、這……如果愛神的紅線眞的是在我身上，那就不可能是這樣。」

「反過來說，他是不是證明了，有一些信念可以超越紅線？」

「……」我啞口無言。

「比方說，幫助弱者的簡單正義。」死神也說出了簡單兩個字，然而我們都知道這絕對不簡單，「我得感謝他能讓我繼續相信人性，所以我想帶他走，完全是出自好意，依這個時代的醫學，他必然是終身植物人的下場。」

「絕對還有機會……」

「我無話可說。」

「絕對……絕對還有機會……」

「最後，勸你快走。」

「要走你自己走，我要確認他平安上救護車。」

「那，再會了。」

死神瞬間消失，我不在意神蹟的展現，只在意必穩目前的狀況，我不是醫生也不是神明，沒辦法判斷出真實的傷勢，但他像是睡著了，終於得到某種程度上的解脫，沒有現實的挫折與困難，由衷希望他能作一場好夢，這樣子的好人真的值得一場好夢。

假設，如死神預測這場好夢會無限延伸下去……

我願意在夢之外，靜靜地等他醒來。

抱歉……我的眼淚又落在必穩的嘴邊了。

「我操，怎麼還有人？幹，這種收屍的工作就是最爛的差事。」

背後冷不防傳來痛罵聲，我警惕地回過頭去，雙眼的淚水糊了視線，根本什麼都看不見。

一聲悶響，所能看見的，就只剩一片漆黑。

□

我醒過來，只覺得全身都很沉重，每個細胞都像是綁著十公斤的砝碼。

好虛弱，頭暈目眩的。我下了床，連站都站不穩，扶著床，感覺隨時會倒。

無數的噪音鑽進我的耳朵，無論多用力搖頭，這些聲音依然揮之不去。

爲了離開這個地方，我便迷迷糊糊地將插在身上的管子通通拔掉，不覺得疼痛，只覺得兩個太陽穴快要炸開。

「吵死了……我快被吵死了……」我的嗓子嘶啞，根本發不出什麼聲音。

雙眼變得格外畏光，勉強判斷出這是一條走廊，我扶著牆壁慢慢往外走，走個兩步，就得停下來喘個幾次。無數的人從我的身旁穿梭而過，腳步格外急促，僅用皮膚便能感受到空氣中瀰漫著緊張的粒子。

走出門未闔上的走廊，外頭的月光本該能讓我雙眼的刺痛得到緩和……可是取而代之的是亮紅且閃爍的刺眼光芒，刺耳的蜂鳴器如無數根長針捅著我的耳朵，幾乎將我好不容易凝聚的精神再次破壞。

「讓開讓開讓開全部讓開！」有個白色的人推著類似床的東西快速地朝我衝來。

我看不清楚，思維混亂，畏懼地向一旁讓出一步，整個人跌坐在一團硬硬刺刺的東西上，應該是綠化用的花圃……

透過屁股與後背傳來的刺痛刺激著我的腦袋，模糊的記憶忽然清晰許多。必穩受了重傷。

我哭著陪他等救護車。

死神不斷地勸我走……

然後……然後……我不太記得了……

只是覺得這個地方讓我感到痛苦，摸摸後腦勺發現自己包著厚厚的紗布，是這個點受傷了嗎……我想不起來……吃力地爬起，努力地遠離……朝馬路的方向走。

最後來到一台自動販賣機前，隔著透明遮罩的飲料，提醒我現在有多渴，摸摸身上的衣物，是一套陌生的病人服，沒有口袋當然就沒有錢。

我癱坐在自動販賣機前方，實在是走不動了，到這個時刻我總算是能冷靜判斷身處的環境……

四線道的馬路其中三線被車輛徹底塞滿，剩餘的一線是因爲警察在管制，否則也必然會卡死。

好安靜，怎麼會這麼安靜？

我一眼望過去，所有人都戴著口罩，在這種天氣爲什麼大家要戴口罩？

透過車窗，連坐在車內的人也戴著口罩，然後，眼神是一樣的不安與惶恐，彷彿有無形的怪物正準備趕到現場……

大家連大氣都不敢一喘，深怕隨時會被發現。

成群的麻雀快樂地在車頂上玩耍，這數十輛車猶如塵封百年不動的石塊，風化成地形的一部分，車內的人同樣沒有什麼動作，靜靜的，不安的。

如果這一大群人是要去醫院，爲什麼不下車徒步用走的？是醫院已經被塞爆的關係嗎？還是警察規定不准下車？

這個世界怎麼了？這還是我熟悉的世界嗎？

大家到底在恐懼什麼？

「為什麼你沒有戴口罩！」警察抽出警棍，惡狠狠地朝我走來。

十幾公尺外的麻雀整群飛起，被驚動的顯然不只是我。

警察的態度感覺起來，像是我剛殺完人，是連血都還沒有洗乾淨的現行犯。

「什麼、什麼口罩？」我一頭霧水。

「現在是五級警戒，你到底有沒有搞清楚狀況！」

「我完全……我完全不知道發生什麼事。」

「口罩戴上，否則我將依照災情特別條例使用公權力將你逮捕。」

「我沒有口罩啊……」

「去買！」

「我沒有錢，我身上什麼都沒有，我連自己為什麼出現在這裡都不知道……」我快哭了出來，「你對我兇沒有意義啊。」

本以為警察的警棍會直接敲下來，結果沒想到對方反而放緩了語氣，還給我一個全新的口罩，「先戴口罩再說……你是從醫院出來的嗎？」

「好像是吧……」我趕緊把口罩戴上去。

「已經出院了？家屬呢？」

「我、我自己可以回去。」

「需要我幫你叫一輛車嗎？」

「……」

「需要嗎？」

「不好意思，我身上沒有半毛錢……」

「……給我你的名字跟身分證字號。」

警察估計也是滿頭問號，取出公務用手機老練地輸入，我在一旁等得萬分不安。

「OK，你的身家清白，沒有特殊標記。」

「謝謝……不過這個世界究竟是……」

「我看你好像精神不濟，需要我帶你回醫院嗎？」

「不不不，我自己可以回家。」

「那你趕緊離開吧，記得口罩要戴好。」警察掏出自己的皮夾，遞了一張藍色的鈔票給我，「去把自己整理好，免得又在路上被其他警察攔下來……」

我剛接過鈔票，都還來不及說謝謝。

砰！一聲巨響！

有輛車硬闖警察管制的線道。

立刻有警車駛過去阻擋，果然撞成一塊，其他原本乖乖等待的車輛抓準這個機會，也一輛一輛地撞開封鎖線。

靜得如同場景的畫面，瞬間變成賽道動作片，砰砰砰砰砰砰，大部分的車輛車禍，只有一小部分通過警察的封鎖。

幫助我的警察也衝過去用肉身擋車子，實在是太過盡責了，所以被撞倒在地，吃痛地大叫……

「……這世界究竟是怎麼了？」

直接往警察撞下去？這還是我所認識的台灣嗎？

有警察對空鳴槍了，有的警察無線電狂響，一直在請求支援。

有的民眾被逼下車，面對著槍口仍憤憤不平，眼神中全是恨意，有的民眾直接雙手合十下跪，只求一個高抬貴手。

大聲的警告與叫罵，大聲的哀求與抗議，全部捏在一塊，然後拆成兩半，塞進我的左右耳朵內。

警方的數量畢竟比較少，面對陸續下車的民眾顯得勢單力薄。雖然自身危險，但子彈終究沒有打在百姓身上，民眾發現警方沒有痛下殺手的決心，變得更加激進，警棍完全沒有發揮效用，醫院的防禦線被突破。

轟！某一輛撞成一團的車，因爲漏油被點燃爆炸，轟聲過去，民眾便如炸開的鍋，更加鼓譟，爲了追求某個目的而不擇手段的狂熱。

台灣驕傲的治安排名變成笑話。

我畏懼被波及，緊緊捏著鈔票，連滾帶爬地離開現場，無論耳朵按得多緊，身後的槍聲跟爆炸聲，依舊進入我的腦袋，震出我的眼淚。

身體產出的腎上腺素有用完之時，體力透支再透支的我來到附近的捷運站，赫然發現整個站被封了，捷運早就停駛……絞盡腦汁去回憶，什麼時候台灣的捷運關閉過？

已經走投無路，我呆坐路邊，無助地揮舞手中的鈔票，希望能攔到一輛計程車。

可是，路上別說是計程車了，連車都沒看見……

該怎麼辦？誰能幫幫我？

「久違了。」死神沉沉的說話聲在旁邊響起。

我已經見怪不怪地說：「我們十分鐘前見過吧……」

「已經十七天了。」

「十七天？」

「嗯。」

「已經過了十七天！」

「是。」

「是喔……有人搞偷襲也不提醒一聲，未免太不夠義氣。」

「當時有其他同行盯上你，我不能再多說。」

「現在還有其他死神在？」

「沒有，別的死神都忙翻了，現在就我跟你。」

聽完死神所說，我抬起了頭慢慢閉上雙眼，心中恐怖的猜想幾乎得到證實。

「這個世界怎麼了……」

「就如同你之前說的，台灣已經完了。」

「爲什麼……」

「老實講，我不知道。」

「……」

「一個地震，核電廠外洩。」死神的語氣沒有什麼變化，用平凡的口吻在描述一個既定的事實，「身爲死神，我很遺憾。」

第 2 章

藍姓作者

路邊。

背後是死神與捷運站。

我的腦袋也有一座核電廠炸開。

腦海全是核輻射噴發的藍白色光線，吞了吞口水，懷疑自己是否仍在夢中，敲了我後腦的那一棒，可能已經造成永眠的效果。

「你是來帶我走的嗎？」我慎重地問。

死神嘆口氣道：「果然腦袋是傷著了。」

很好，我肯定這不是夢，如果不是夢，那就是另一種更詭異的狀況。

我穿越了，到達另一個平行宇宙，所以才會出現地震，導致核電廠成爲災難源頭的事件發生。

在我原本的世界，絕對不可能發生這麼扯的事，因爲故事中根本沒有紀錄或者是徵兆。

「你是另外一個世界的死神吧？」

「……清醒一點。」

「我很清醒。」

「問了這種問題就代表你不清醒。」

「怎麼可能，我才暈過去一下下……」

「是十七天。」

「十七天不可能發生這樣天翻地覆的轉變！」我拒絕相信。

核污染跟平行宇宙，我情願相信平行宇宙。

死神還是維持那種要死不死的語調，徐徐地說：「無論你信不信，這都是擺在眼前的事實，除了接受沒有其他選擇。」

「別用這套說辭來騙我。」

「隨你。」

「必穩呢？現在是活蹦亂跳的吧？」

「如你所願要死不活地躺著。」

「這才不是我所願！」

「……」

顯然死神並不願意再爭論下去，然而我的心中有極大的不服氣，像是腦袋做了復健運動，思緒速度恢復正常，旋即想出了十多種不同的辯駁之詞，必要爭出一個是非對錯……

結果沒想到，什麼都還沒說出口，就有一輛車停在我們面前。

車窗緩緩地降下來，是意外卻又熟悉的人，剛好可以證實我的猜想。

「醫生，我們之前是不是見過面？」我緊張地站起，問了很蠢的話。

女醫生滿臉倦容地推推眼鏡，彷彿已經好幾個月沒有下過班，疲憊地說：「沒有，我沒見過你。」

「哈。」我雙手一拍，朝死神嚷嚷，「我就知道，果然是平行宇宙，在這我跟醫生沒見過。」

「唉。」死神翻了白眼。

「喔，我想起來，當時你與另一個男人在急診室……抱歉，我許久沒睡了，腦部反應很不靈光。」

聽女醫生這麼說，我面如死灰地跌坐在原地。

「這時候已經搭不到車了，看你們好像有困難，要不要我送你們一程？」女醫生跟以前一樣維持著淡淡的語氣。

雖然我還處在無法接受現實的糟糕狀態，但是如果錯過眼前的浮木，就會淹死在這座人心惶惶的城市當中，要再等待到下一名願意伸出援手的人實在太難了。

「不好意思，請送我回家……」

我坐上了後座，死神跟著上來，小小的電動車後座擠著兩個人，讓我有些不舒服，扭了扭屁股，希望把這個惱人的障礙物擠過去一點，順便報出家裡的地址。

電動車在行駛，幾乎沒有別的聲響，再配合窗外的蕭瑟景象，宛若整個台灣被按下了靜音鍵，我如果再待在這種反常的寂靜當中，腦袋也會重歸安息的狀態。

「醫生，不知道該怎麼稱呼妳……」我急需一點聲音。

「史琳。」

「好的，史琳醫生，可不可以告訴我……台灣究竟是怎麼回事？」

「地震，然後核電廠受損。」

「……到底是多大的地震？會讓核電廠受損。」

「算是很大，但沒有大到產生大規模的災情。」

「那怎麼會？」

「似乎是有人偷工減料。」當史琳說到這個部分，平板的語調也有了波動，「相信災難會有減緩的時刻，到時眞相可能大白。」

「到底是多嚴重……」我雙手抱頭。

「核電廠附近三市進行大規模撤離，防護物資嚴重不足，受核污染的民眾帶著污染源瘋狂湧向各地醫院，導致醫療體系崩潰，我們面臨前所未見的難關。」

「聽起來受到影響的最主要是北台灣嗎？」

「嗯，不過台灣也就這麼小。」

「是……」

台灣確實就這麼小，要沒有影響是不可能的事，不過，有一點非常非常奇怪，我能夠理解未來會因為我的作為改變，但有可能與天庭先生所寫的故事偏差到如此程度嗎？

車窗外，一間又一間大門深鎖的店面，從我的視線中流過，幾乎沒有行人，或者說即便有行人，也必定戴著口罩，緊緊包裹著看起來就沒什麼防護力的毯子，低著頭快速疾走，像是深怕暴露在外壽命就會隨之減短。

側面證實史琳沒講錯。

「我不能再前進了。」她緩緩減速，疲累地說：「你家似乎是在警戒區中，代表輻射或多或少是超標的狀態……」

該怎麼辦？一時間我居然問不出口，再瞥一眼車窗外，看似往常的空氣當中，有著我看不見的東西，這無形的恐懼感，忽然讓我親身體驗了台灣目前的狀況。

「不好意思……我不能直接讓你們在這裡下車，可是目前我的精神狀況不適合再繼續開車了。」

「是我不好意思才對……」

「那先帶你們回家，等我睡醒之後再說。」

「喔好……咦？」

當我察覺到了不對勁，史琳的車已經開動，原本想提醒她帶陌生男人回家沒問題嗎？但見她的額頭已經快貼在方向盤，而我又不想流落街頭，閉嘴是唯一的選擇。

車程約四十分鐘，她直接駛進高級社區的地下停車場，只要不是視力有問題，就可以很清楚地知道，這裡的房價可能比我住的地方高三倍，視線所及全是一種難以言喻的時尚感，連電梯裡都會播放抒情的音樂。

史琳拖泥帶水的腳步如同喪屍，解開電子鎖開門之後，我都還來不及說聲感謝，她就往前走了三步……

第一步扔掉包包，第二步脫掉外套，第三步往下一跪，整個人直接趴平在地上，幸好地板鋪有厚厚的地毯，否則她會碰一鼻子血。

我與死神面面相覷，無法想像究竟要疲憊到什麼程度，才能讓一個醫生直接如同昏迷一般睡死。

□

第十二個小時過去，一大清早，我開始擔心史琳是不是已經就地往生了？

幸好死神就在身邊，他說沒事。

總不能讓恩人這樣子睡在地板上，我雙手扠腰，感覺如凶殺案現場中，站在被害者遺體旁邊的警察。

仔細觀察她的臉，眼鏡之後的容顏並無老態，估計年紀就比我大三、四歲，與我姊姊相仿。藏於五官的書卷氣質，感覺起來她從小到大成績一定都是最好的。

她的身材也不像長期待在診間的醫生，要嘛骨瘦如柴、要嘛體重超標，緊身的牛仔長褲展露了勻稱的體態，代表……我一個人應該拖得動吧？

結果我錯了，這十七天臥病在床，力氣流失掉大半，要不是死神中途幫忙，恐怕無法帶她上床。

史琳依舊在睡，要不是那平緩的鼾聲，我眞以爲她被注射了麻醉劑。

原本還想問她知不知道必穩的病況，要不然現在醫院整個封鎖沒辦法去找他，可惜睡沉的醫生並不會回答問題。

體力活幹完，肚子又餓了，原本想問問看死神有沒有錢，然而神明顯然沒有貨幣交易的概念，直接開了人家的冰箱，找到東西就吃。

身爲他的共犯，我也不好意思說什麼，畢竟麥片加牛奶這種簡單的食物，在此刻吃起來就等同是山珍海味。

我們在大理石餐桌用餐，死神頗有興致地吃著洋芋片。我突然想到在故事當中，神明只要在神明的世界，似乎就能進入辟穀的狀態，有七情，無六慾，不吃不喝，沒有代謝，長生不老，然而，一旦跨入塵世，便是凡人之軀。

他吃東西是正常的。

他一直待在這，我就覺得很不正常。

「現在這麼多人死去，你不用上班嗎？」

「我的業績沒問題，不必擔心。」

「你一直待在這幹嘛？」

「看你。」

「看我什麼？」

「看你會怎麼做。」死神深邃的雙眼定在我的臉上，隱約帶有壓迫感。

我忍不住問：「為什麼？」

「我就是想知道。」

「你希望我做些什麼？」

「沒有，你只要做自己想做的就好了。」

我們兩個人的對話，看似高來高去，實則廢話連篇，完全沒有重點，繞來繞去。

不想再去猜測神明的想法，如他所說，我只要做自己想做的就好，目前台灣的慘況必然是有其因果關係，沒道理一個不到七級的地震，能讓一座核電廠輻射外洩。

如此偏離天庭的故事，必然有背後的因素……

最一開始，我的使命是阻止謝律師釋放來自北韓的生化戰劑，避免一場浩劫產生，結果昏迷十七天醒來，核污染取代致命病毒，依舊是浩劫。

不……有個很顯著的不同就是我沒死。

爲什麼我沒死？

很奇怪，眞的很奇怪，當腦袋漸漸開始恢復運轉，就會察覺到更多奇怪的地方。

我借用了史琳的筆記型電腦，開始搜尋這十七天的新聞……

「你有什麼打算？」死神在流理台前洗碗，「總不能一直待在這裡。」

「我目前……不清楚。」我挪動滑鼠，陌生的新聞不斷進入我的眼簾。

「你不是討厭悲劇，想要拯救世界嗎？」

「嗯。」

「這會是你說的悲劇嗎？」

「不對，這跟我說的末日不一樣。」

「哪裡不一樣？」

「統統不一樣。」

「瞭解。」死神繼續洗碗。

其實新聞內容都大同小異，就是說運轉不到十個月的全新核電廠，居然因爲一場地震產生核輻射外洩的污染，大量市民疏散，整個台灣爲之恐慌，引發後續一連串的社會問題。

另外提到這次的核污染，並沒有大眾想像的那麼嚴重，可是對看不見事物的恐懼，令百姓如同驚弓之鳥，稍有風吹草動便神經兮兮。

同一時間也開始有記者在追蹤核電廠疏失以及官商勾結的後續消息，畢竟這麼重要的公共設施，一定是某個環節出了大錯，才會導致這個糟糕的下場。

這次災害死亡人數目前爲十二人……罹難者太多，目前還沒有明確的統計。

「死亡人數十二人？這麼少？」我知道我講出了一句沒有天良的話，不過這樣的數字的確不如預期。

「不會這麼快，後續的病痛要持續數年。」死神站在水槽前，碗放於一旁，任由水直流，面無表情。

「也對……」

我繼續將注意力放回電腦螢幕，官商勾結的部分特別讓人感到好奇，主要的五家承包廠商紛紛出來開記者會再三保證自身沒有疏失，未來會全力配合檢調調查。

即便澄清了，股價仍攔腰斬斷，更下游的廠商依然一一跟上趕緊發公告自清，強調產品皆通過檢驗。

滑鼠繼續往下拖，加上外國廠商居然有上百家……

「歐貝工程、帕德科股份有限公司、兔田建設、實五塑化、旗林水泥、錄帢金屬……等等，旗林水泥？」

一個非常熟悉的名字出現在我的眼前，旗林水泥就是旗老經營的水泥廠啊，有這種巧合嗎？台灣這麼多相關的企業，偏偏就用這家的水泥？

緊緊皺著眉，這讓我嗅到非常熟悉的味道，就像是身處在許多線條的中間，隨手抓住一條輕輕一撥，接著所有的線都在振動。

「你有什麼打算？」死神又再問了一次。

「我有些迷惘……」

「現在的狀況，是你預言的末日嗎？」

「不是，完全不一樣。」

「原本是什麼樣子？」

「是病毒，傳染力極強的病毒，短時間內帶走很多人。」

失去預言效果的故事，就只是單純的故事，沒有什麼不能說的。至於死神信不信，也不是那麼重要了。

「嗯，病毒……」他不置可否地應了聲。

「不過我的預言失準，沒想到是核外洩事件。」

「爲什麼失準？」

「現在連核電廠都裂開了，還不夠明顯嗎？」

「不，我的意思是說，爲什麼病毒跟核外洩不會同時發生？」

「……」我的瞳孔放大，腦袋在震盪。

沒錯啊，是誰說不能同時發生？

我爲什麼會落入如此低等的邏輯陷阱？

這也代表天庭給的故事並不是完全錯誤，頂多是產生了偏離。

「你有什麼打算？」死神又再問了一次。

「……我想知道這次核災的原因。」

死神一愣，隨即釋懷地笑了笑，緩緩地說：「好啊，我幫你。」

「你看這則新聞。」我招呼他過來看螢幕，「前陣子有一群屁孩，趁深夜闖進核電廠區拍攝搞怪短片，引起社會軒然大波，台電高層被轟得狗血淋頭，宣布會有改進計畫。」

「我記得這被上升到國安危機等級的事件。」死神頓了頓又說：「其中有一個人，在攀爬管線的時候摔落，回到家痛得受不了才就醫，也是被民眾大罵浪費醫療資源。」

「原來還有這件事。不知道這些孩子進到核電廠裡面，是不是有看到什麼特殊的東西？」

「去問問看就知道。」

「怎麼問啊？他們因為事情鬧大，網路上所有帳號都砍光了，沒有線索能追查。」

「他也是送到急診室……」

「史琳的醫院？」

「沒錯。」

「不過即便如此，我們也沒有辦法得到那些病人的資訊。」

「……」死神陷入沉默。

他離開了餐廳，走進史琳的房間，再回來之後，手上已經多了一張身分識別證。

「喂！這個未免……」

「非常時期行非常之事，而且趁醫院混亂，我們有機會進去。」

不知為什麼，我總覺得死神長期黯淡的雙眼中，突然有了不一樣的東西在流動。

□

混亂的時代，做壞事變得很正常，連我這種膽小如鼠的人都敢偷醫生的識別證，潛入醫院管制區查詢病患資料……這到底違反多少條法律，我目前沒有勇氣計算。陰暗果然能將邪惡放大。

醫院目前處在左右爲難的狀態，徹底關閉會導致急性或長期慢性病的病人有危險；持續開放會被成千上萬的民眾淹沒，其中有部分是眞的有嚴重症狀、有部分相當輕微不須即時就醫、有部分根本沒事。

到最後就是維持現狀，運用警力資源管制，但政府背不起鎮壓受害者的惡名，漸漸地，可憐的警察變成擺飾，維持著最低限度的秩序。

我們有史琳的身分識別證，直接從員工地下停車場進入，一路暢行無阻，就算遇到其他醫務人員，也沒有任何人起疑。

感謝數位化的時代，我們隨意進入一個空的診間，刷識別證，利用電腦，以及我這種低劣的英文能力，順利查詢到屁孩的個人資訊。

當然我一同查了必穩的資料，發現他已經轉院到南部去靜養，算最大化地遠離這場災難，我擔憂的心才總算放下。

得手後我們沿原路返回，就算跟一車廂的醫生一同搭電梯，卻沒有遭到任何懷疑，醫生們個個累得連將視線擺在我與死神身上都辦不到，更遑論發現我用別人的識別證讓電梯關門。

屁孩住的地方果然離醫院不遠，我們沒有走得太久。

其實這已經離核污染源夠遠，但街上與附近的住家還是給我一種風聲鶴唳的感覺，蕭瑟、寂寥、灰灰的。

這感覺直到進入屁孩家才徹底消失……

窗戶密閉，冷氣開著，門卻忘記關，我們一踏進去，酒味馬上撲鼻而來，客廳地上和沙發上，五、六名年輕人以各種奇怪的姿勢躺著，所幸尚有呼吸，估計就是醉死而已。

確認他們架起的三台攝影機都已經沒電了，我用手機內儲存的相片一一比對每個人的臉，最後在廁所找到了屁孩，他吐了一整個馬桶，人就倒在旁邊。我捏著鼻子沖馬桶，這傢伙完全沒有甦醒的跡象。

死神替我鎖上門，我將冷水倒在屁孩臉上，他一臉恐慌地驚醒，發現兩個陌生男子，嘴巴罵著三字經，想爬起來卻摔了一大跤，狼狽的模樣著實有幾分可笑。

「不用緊張，我們只是來問個問題。」

「操你媽的，我是金四角罩的，你們敢動？」

他不說還好，這一說我整個雞皮疙瘩都起來了，難道冥冥之中全部有連結……

「失敬失敬，不知您是哪個支部？」我客氣地問，要模仿流氓套近乎還是辦不到。

「秦先生啦，你他媽有沒有聽過？」

「有聽過，他的辦公室我還去做過，金色貿易公司嘛。」

「原、原來是自己人嗎？」屁孩凶惡的表情和緩下來，「我沒見過你們欸……」

「沒見過很正常，我只是想問幾個問題。」

「什麼事？」屁孩是白目但非弱智，語氣依然充滿警惕。

「就想知道核電廠的狀況，沒事。」

「核電廠？你們到底是誰……我要先問秦先生確認。」

屁孩的腳大概不麻了，站起來就想往廁所外去。我原本還想陪個笑，繼續走「好兄弟咱們有話好說」的路線，沒想到木訥溫吞的死神就站在門前，擋住對方的去路。

「大叔，想找死是不是？」屁孩也很意外。

「就幾個問題，配合一下。」

「我爲什麼要配合你這兩個廢物啊？」

「……」

「給我滾開。」

「……」

「媽的老傢伙是不是沒被揍過！」

屁孩掄起拳頭就揮，死神不過是輕輕地按下他的拳頭……

接著整條手臂，就像是失去所有力氣，軟綿綿地垂下來，非常不自然。

我看傻了。

屁孩也看傻了，露出了「我是不是酒還沒醒」的表情。

「爲、爲爲什麼……爲什麼？」

我也不知道啊！

死神依舊是同款的死人表情。

屁孩一屁股跌坐在馬桶上面，甩著那條漸漸發白的手臂。這畫面其實很搞笑，就像從肩膀長出一條大型毛毛蟲屍，只是我完全笑不出來。

「醫院……欸、欸誰先替我叫個救護車。」他向廁所外的朋友求援，沒聽見回應便想起身去開門……

死神將其按回馬桶，冷冷地道：「你回答就沒事。」

「回答你媽去死啊！」

「你媽在這二十年內應該不會死。」

「我是說你媽。」

「我也是說你媽。」

眞的是很好笑的對話，但我完全笑不出來啊！

「我簡單解釋一下，讓你更瞭解狀況。」死神變得溫和一些，「其實我把你手臂的靈魂拖出來了，所以目前你失去知覺的部分，基本上跟屍體是差不多的，找救護車沒什麼用。」

死神有這種神權嗎？故事上沒有說啊！

「你媽的說什麼幹話，這個裝神弄鬼的老傢伙！」屁孩憋足一口氣，猛然地站了起來。

死神嘆一口氣，手掌擺在屁孩的頭頂，屁孩便緩緩地坐回馬桶，整個頭垂向了一邊，忽然無聲無息。

口水從屁孩的嘴角流了下來，脖子以下的身軀開始不規則地抽搐，尿液與糞便慢慢地從褲襠滲出，一點一滴流進了馬桶內。

應該是很臭的，不過我目瞪口呆，沒有注意到味道。

時間隨著滴答滴答的聲響在流動……

「啊，這個不能太久。」死神連忙扶正屁孩的頭。

下一秒，屁孩用力地睜大雙眼，眼白全是密集的血絲，看起來幾乎是用盡全力地呼吸，鼻涕沿著嘴唇流進嘴巴還牽著絲。

屁孩瞳孔中的恐懼是前所未見的，看著我們的雙眼，就像是看著什麼駭人的怪物。

「可以問了，他會很配合。」死神拍拍屁孩垂下的手臂。

我雖然還搞不太清楚狀況，但是死神說可以，就沒有必要質疑，而且面對這種百分之百違反人類法律的行爲，我只想趕快逃離現場。

「在核電廠你是不是有看見什麼……特別的事物？」我特地一個字一個字說，就是怕他神智渙散根本聽不進。

「……」

「沒有嗎？確定嗎？」

「就是、就是……發電廠……」

「你們爲什麼會想去拍？一般人絕對不會想到這種地點吧。」

「這……」

「我們不是警察也不是記者。」我看了死神一眼，「我們算是好奇民眾，頂多有一些奇怪能力而已。」

「……」

「你應該不會想再經歷剛剛的狀況吧？」

屁孩瘋狂地搖頭。

「給我一個說法，我們再也不會見面……啊不過你死掉的話，可能還須要再見一次。」

「是秦先生……」

「再來？」

「有一次……我們跟秦先生吃飯……他就說自己絕對不會住在核電廠附近，我、我問他爲什麼……他沒回答，只是一直笑，沒有說原因。」

「就只是因爲這樣？」

「秦先生很臭屁……一直說自己承包核電廠工程的過程，後來可能是有點醉了，還說自己知道祕密通道……國家重地可以隨意進出……」

「還有這種事？」

「是眞的……是一個涵洞，否則我們怎麼進得去……」屁孩說得無比眞誠。

其實那個洞不洞的我並不在意，眞正的關鍵在於秦先生究竟還知道些什麼？

在故事中有提到，秦先生在金四角裡面，就是個八面玲瓏的存在，並不屬於特定的勢力，卻與許多支部都有聯繫，尤其是旗老與他還曾經聯手殺了鬼哥。

屁孩能知道的事情不多，我們應該去找秦先生。

故事與世界產生如此大偏差的原因，總覺得已經慢慢接近了。

□

金色貿易公司，是合法登記在案的商號，主要是經營東南亞的零售交易，資本額僅僅二十萬，估計給秦先生上一次賭場都不夠花，就是掛羊頭賣狗肉的假殼。在網路上搜索到的負責人名稱不姓秦，很可能是隨便找來頂名的小弟或流浪漢。

我跟死神一起來到商辦中心，這裡離核電廠很遠，受到的影響非常小，可以看見比較多的行人，不過口罩、面罩、防護衣還是人人穿好穿滿，無形的核輻射並不存在於空氣中，反而在人心內繼續擴散污染。

商辦中心給我的感覺，比故事描述的更混亂，搭電梯上去，金色貿易公司的辦公室沒人，大門深鎖，窗戶封閉，難不成是我們來得太早？還是秦先生已經躲得更遠？

要找到這種江湖老油條，除了故事給的線索之外，我沒有其他的想法……

特地跟死神就這件事情聊一聊，他也是不痛不癢地說，按照我的想法做，他不會干涉。

我們兩個坐在商辦中心的大門口前，看起來還眞的有幾分像是躲雨的流浪漢。

「萬一找不到秦先生該怎麼辦？」

跟神明一起行動的好處就是不需要去廟裡求神問卜。

死神搖搖頭表示沒有提案，不出我所料。

「身為神明總該給信眾一點提示。」

「我沒什麼信眾……」

「從我醒過來之後你就表現得很詭異。」

「別扯到我，你應該問自己在追尋什麼。」

「不知道……可能是一個理由。」

「像記者這樣追尋事件背後的眞相，對群眾公開眞的罪人是誰？」死神講述一個可能性。

但我否認道：「我沒這麼高尙。」

「那爲什麼我們不把行李裝一裝，趕緊到南部逃難？」死神微笑著說：「雖然這裡的輻射量低到不會對人體造成危害，或多或少還是有啊。」

「我覺得……」我遲了幾秒才繼續說：「自己比較像是一名讀者。」

「喔？」

「想要一直翻頁、一直翻頁，直到看見故事所隱藏的眞相。」

「居然是讀者嗎？」

「沒錯，所以我逃跑了，不往下翻頁，就永遠不知道答案。」

「有趣，是因爲差點死掉，才有這樣子的心境轉變嗎？」

「沒有……應該是這樣子說，我嗅到了陰謀的味道，這場核災絕對不是一場簡單的地震造成的。」

「都說了是偷工減料。」

「也絕對不是簡單的偷工減料造成的。」沒有證據，不過我異常地篤定。

死神連看都沒看我一眼，低聲說：「是不是這個男人？」

我的雙眼立刻定睛在迎面而來的男人身上，他梳著油頭，穿著色彩斑斕的襯衫，肩膀夾著手機聊天，雙手都提著包包，那種輕佻油膩的口吻，幾乎可以肯定是秦先生沒錯。

我們跟在他背後，一起走進大廳再一起走進電梯，秦先生依舊在跟朋友聊天，沒有發現什麼不對勁。

等秦先生打開公司的門，我們順勢溜進去，此時他無論有多遲鈍，也發現了我們的存在，可是我已經以偷襲的方式奪走他的手機並且關閉，死神摸上了他要舉起槍的手臂。

手槍落地，清脆的金屬撞擊聲。

我們的默契越來越好，原本想給死神一個High-five，可惜沒人鳥我。

縱使屁孩跟秦先生的年紀和江湖地位都差很多，但是面對一條手臂忽然不聽使喚的噁心感覺，剩下的依然是迷茫與錯亂。他一點脾氣都沒有，還客氣地問這是怎麼回事，彷彿我們是認識多年的好兄弟。

根據剛剛的經驗，說得太過奇幻，要對方一時之間接受很難，於是我自動調整成台灣人可以聽進去的說法。

「這一位，是太極門宗師，魏師傅。」我面不改色。

秦先生的臉色倒是很難看。

「你現在就是中了太極門獨家的點穴技巧，肩膀以下的手臂，經脈已經全部被鎖住，氣血不會流通，神經網路斷訊，如果不快點解開的話，恐怕會留下嚴重的後遺症，甚至需要截肢。」

「你們……是誰？」

「就是隱匿的世外高人，你當我們是路人也沒關係。」

「就憑你這個年紀？」

「沒聽過返老還童嗎？」

「好……」秦先生垂著一條手臂，慢慢地坐下，「你們知道我是誰？」

「當然知道。」我說了一句廢話。

「那你們應該知道，這棟樓基本上就是我們金四角的資產，樓上樓下都是我的人，信不信我喊一聲，立刻一群人進來，把你們砍成碎肉，什麼九陽神功、九陰白骨爪都沒用。」

「……」

「這可是我的地方，你們還不趕快給我恢復原狀！」

「我不相信。」

「……什麼？」

「你試試看沒關係，看看是你喊的聲音快，還是我師兄的滅魂指快。」

秦先生沒啥特別的反應，倒是死神賞了我一頓白眼。

「……」秦先生低下頭。

「在我看來，你們這些貪生怕死的流氓，早就撤退到南部去躲災，這棟大樓根本就沒什麼人吧，你就只是倒楣，回來拿個東西被我們逮到而已。」

「你們想要什麼？」秦先生突然抬起頭。

「想瞭解幾個問題。」

「笑話，能讓你們賭命來要脅我的情報，不可能只是幾個問題這麼簡單。」

「你不願意說的話也沒關係，那我們就走啦。」我招招手要死神一起走，「至於手的問題就去掛號吧，等醫生親口告訴你，會比我說再多都有效。」

「等等！」

「沒什麼好等，金四角如此多的支部，我一個一個找出來問，就不信大家嘴都這麼硬。」我作勢要走。

「先說說看問題。」

「甘願了喔？」

「你先說……」

「我們只想知道爲什麼核電廠這麼脆弱。」

「……」

「老套的脅迫與掙扎，實在讓我感到膩味，你如果不想說就算了，不要勉強。」

「先讓我的手恢復，我、我才能相信你那一套太極拳，什麼點穴的技巧。」面對這種明明手臂存在卻又不存在的噁心感，秦先生是不可能不認輸的，早晚的問題罷了。

「這倒是無所謂。」反正有神明幫忙，就是成語「如有神助」的具現化。

死神將秦先生脫落的手臂靈魂擺回原位，當然這一段我沒有看見，是我自己的推演模擬。

秦先生大幅度旋轉手臂，像是在賣場購買家電，要開機確認一切能夠正常使用的模樣。

他一臉不可思議，似乎真信了這世界上有深藏不露的高人——

「其實這事……是公開的祕密，包政府的工程如果不想辦法偷工減料要怎麼滿足貪婪的官。旗老的水泥偷了點，這根本不值得一提。」

「這種人人知道的事，虧你好意思這時候講出來。」我笑了。

「再來的事，攸關兄弟情誼，我斬過雞頭跟神明立過誓，不能再多說了。」

只要看過故事的人都知道秦先生的兄弟情誼基本上跟路邊的狗屎無異，向神明立誓的本質就是笑話一場，他鬼扯這麼多無非就是想討價還價。

「吐槽點太多，害我一時之間不知道該從何吐槽起……不然你說說要怎樣才能讓你暫時忘掉兄弟跟神明。」

秦先生立即喜形於色，說：「不瞞兩位高人，最近我有一仇人很難搞，能不能請二位無聲無息地替我收拾了？」

「答應殺人我們是沒辦法，但是答應不殺你還有一點可能。」我聳聳肩。

對於欺善怕惡、吃硬不吃軟的人來說，就是要比他更惡更硬。

「連這樣子都沒得談，會不會太超過了？」

「如果用我們的手法殺你，你信不信就算是當今最先進的查案技術，也沒有辦法抓到我們是兇手？」

「……」

「趕緊說吧，我們真的趕時間。」

秦先生欲言又止，最終還是下定決心道：「……旗老有一個副手，平時非常低調，不參與任何幫派事務，連我都沒有親眼見過，只是聽說這位前輩叫作『馬爺』，專門經營旗老的大小業務，商業手段高超，待人處事圓融，深得旗老的信任。」

「嗯，繼續。」

「馬爺這個人聽說上知天文下知地理，懂得很多，手上有許多的暗招，能夠偷工減料，而且神不知鬼不覺地通過審核，像水泥就會偷倒添加物進去充量。」

「是這一、二十天的事嗎？」

「配方至少用三十年了。」

「不對……這樣時間兜不上。」

會讓現實嚴重偏離故事的因素不會是長這個樣子，存在三十年的影響早就算是現實的一部分，不能算是突然出現的嚴重干涉。

「什麼時間？」秦先生也挺好奇。

「如你所說，這核電廠用爛水泥蓋好幾年，沒道理剛好在前幾天出事……有這麼巧嗎？」

「不是，用馬爺的配方不會出事，雖然是偷工減料，不過品質不會差得太多，這事情會搞得這麼大，是有一段曲折離奇的過程……」

「這時候賣關子，你知道其實跟自殺沒兩樣嗎？」我耐著性子，感嘆投機性格的人真的每秒鐘都在投機。

「我總是需要一些保證。」

「等等我們聽完就走，不會告知第四者也不會有任何額外的動作，這就是保證。」

「……」

「快點吧，不要浪費大家的時間。」

從秦先生閃動的瞳光中我看得出他有什麼抵抗的想法在滋生，但可能是瞧見死神的威壓，很快又認命地說：「這事要從之前有一群孩子去核電廠玩耍開始說起。」

「我知道是去拍片。」

「那一群官員被罵得半死，就決定在關鍵的設施建一整圈七公尺高的圍牆，防止外人靠近，同步防止偷拍。」秦先生說起此事，帶著幾分譏諷的表情，「因爲是緊急的發包工程，而且也不是核電廠的關鍵設施，自然所有的招商辦法從簡，找回先前合作過的公司用最快速度趕工。」

「我倒是沒聽過這個高牆的事。」

「嘿，因爲知道的人目前都不敢說。」

「那你快說吧。」

「不意外，旗老的水泥廠也收到通知，結果好死不死馬爺先前因爲中風的關係臥病在床最後不幸往生，一個接班的楞頭青，沒拿到馬爺以前用的配方，就不知道哪來的奇思妙想……」

「奇思妙想？」我知道重點來了。

「我們出來混的，會有些物品很難處理，一搞得不好就容易把事情鬧大。」秦先生說得比較隱晦。

我知道是屍體，所以謝律師才會重用必安的早餐店。

「嗯，那個楞頭青就想說，剁碎後扔進去水泥裡面，神不知鬼不覺，又能順便偷工減料。」秦先生說到這裡是直接笑了出來，「馬爺的孫子，眞的是比搞笑演員還搞笑。」

「……」

「結果一個地震，才剛剛蓋好沒多久的圍牆就倒了。」

「你不是說過，周邊的圍牆跟關鍵設施沒有什麼關聯性？」

「的確是沒有啊，問題是那些圍牆倒下來之後，壓到了部分關鍵設施，還弄壞了許多的重要管線，哈哈哈，最後就爆炸，變成我們現在看到的樣子。」

「……」

我慢慢地垂下頭，眼睛幾乎瞇成一條線，一時收到的訊息量太大，腦袋還沒有辦法釐清。

「能說的就是這些了，總之，所有人都沒想到，整個北台灣會因爲一個楞頭青的白痴行爲搞得水深火熱。」

「嗯，這點沒想到。」

「該說的都說了，可以放過我了吧？等等我還得趕回南部，有很多生意等著談。」

「嗯……好的，多謝配合……」

沒有再多說什麼，我就一個人往辦公室外走，估計秦先生也沒想到我會這麼乾脆，大概是人傻了，還客氣地說聲慢走。

剛走到門外，我雙腳停住，總覺得腦袋裡很混沌，被塡滿了偷工減料過的水泥，濃稠、混濁，冒著奇異的泡泡，就在這一片灰色泥面之下，似乎有什麼正在翻騰。

我又走了回去，來到秦先生面前，不發一語，想了一想，又找不到話想說，眼角不自覺地抽動，低下頭又往門外走。

引發核污染的原因，如秦先生所說確實很可笑，因爲一群屁孩，讓一群昏庸的官員想出一招愚蠢的方式，蓋出一道脆弱的高牆，用了一坨混人肉的水泥……

我再度停在門口，回頭望向秦先生，他會不會還有什麼事沒說？

不對，他該說的都說了。

「要走了嗎？」死神問我。

「對，要走了。」我回答。

「再來去哪？」死神再問。

我們按照原路，走去搭電梯，如先前所說，這整棟商辦大樓沒什麼人，電梯很快就到了，廂門打開，我們連袂走了進去，廂門關閉，我按了一樓的按鈕，馬達聲轟隆隆隆響，昭示著它的老舊。

一樓到了，電梯門開。

我們沒有動。

「嗯？」

「……是不是你殺死了馬爺？」

「……」

「是你殺的。」

「……」死神依然站在我的身邊，萬年不變的表情。

「他們這種大人物平時都很注重身體健康，也許中風是突然的，但病況一定不致命。」

「……」

「馬爺一定是死得出乎所有人的意外，才會連最基本的傳承都沒做到，導致後續一連串的災情，於是，讓我們倒回來說，要讓核電廠以偽裝成天災的方式炸開，馬爺是不是非得要死？」

「……」

「一定要透過這種方式，來增加死神所揹負的業績嗎？」我有些難過，走出了電梯。

「如果這是你追尋的，那恭喜，得到了答案。」死神對我點點頭。

「爲什麼不辯解？猝死也是有可能的吧……」

「死神行事，何須解釋。」

電梯闔上了門，死神再也沒有走出來。

□

我無法解釋目前是怎樣的感受。

說是遭到背叛？其實沒有，神明與人本來就不可能存在合作關係，自然沒有背叛這種說法。

說是感到遺憾？死神想帶走更多生命本來就是理所當然的事，故事不斷提及「神明干涉塵世是一件需要精心設計的細活」，事實上其貌不揚的死神比想像中聰明，巧妙地利用神權帶走臥病在床的馬爺，引爆這場核污染危機。

這得對金四角內部做多久的調查與觀察，才有辦法如此精準地下手？突然間，被我視若珍寶的故事，變成了字數特別多的笑話。先不論病毒末日被搞成了核能污染，光是對於死神的描述顯然就大錯特錯，耿直又落魄的上班族？現在看來眞的是一篇糟糕的笑話。

我站在商辦大樓的大門前，抬起頭看向灰濛濛的天空，不知道該再往哪裡走。

叭叭！

刺耳的喇叭聲，逼著我把視線拉回前方，是一輛熟悉的車，司機是熟悉的人。

「醫生……」

「叫我史琳就好，反正我們也是一起睡過的關係了。」

「……」

「我看你的表情很糟，所以特地說一個笑話。」

「喔、喔喔，好喔。」

「上車吧。」

「……我嗎？」

會問出這麼白痴的問題，是因爲我現在處於情緒極度錯亂的狀況，如同肚子被捅上一刀還在噴血，心儀多年的女神忽然對自己告白，又或者像被迫吃一坨屎，一口咬下去居然是頂級和牛的味道。

轉得太硬，反而讓我的情緒歸於平淡。

「不上車，你是打算用走的？」

「對不起，那就打擾了。」

在這種時候，我很不想一個人。

坐上副駕駛座，發現後方塞滿了行李。

「妳要去哪裡嗎？」

「我想去南部度假。」

「醫院該怎麼辦？」

「再繼續做下去，我覺得自己有可能過勞死。」

「的確不必爲了一份薪水搭上自己的性命。」我認同，災難來臨前，並不是每個人都必須要當勇者。

「我在整理自己的行李，發現有些私密衣物被人翻過，氣不過才開車出來找你。」

「……這個是開玩笑的吧？」

「哪個部分？」

「當然是全部！」

「私密衣物這段的確是開玩笑，但是生氣那一段是眞的。」

「不、不好意思，擅自開了妳的冰箱跟電腦。」

「找你上車，就是想載你到警察局去。」

「拜託，這一句一定要是開玩笑的！」

「不是開玩笑。」

「醫生，請高抬貴手……」

「在醫院外面叫我的名字就好，短時間我不想再聽到醫生這兩個字。」史琳一樣是那張沒有表情變化的臉龐，「原本是眞的想載你去警察局，不過當我看見你的表情，忽然有些於心不忍。」

「我的表情？」我摸了摸自己的臉。

「嗯，那種整個世界在面前塌陷的表情。」

「……」

「你跟朋友發生了什麼事嗎？」

「……我的朋友還躺在醫院。」

「另一個，陪你入侵我家的朋友。」

「他不是我的朋友……他其實是神明。」我說出口了，而且沒有一絲後悔。

「神明。」不愧是醫生，語氣上一點波動都沒有，大概已經切換成問診精神病患者模式——

我不管了，想說就說：「其實我有一本預測未來的故事書，上面書寫著各路神明與塵世的關係，他們多多少少都影響著我們的命運，即便是這次的核災也有死神的干涉。」

車行駛在空曠馬路，絕對符合交通安全的時速，外頭景色掠過的速度在我恍惚的思緒中又變得更加緩慢。

史琳過了良久才說：「這是超能力嗎？」

「按照他們的說法，這叫作神權。」

「你有了預知未來的故事，也算是得到了神權吧。」

「算是一部分。」

「那你用這個神權做了什麼？」

「這是……一個很複雜很複雜的故事，簡單來說，就是未來會爆發生化病毒危機，台灣會死掉非常多的人，甚至包括我，於是我必須全力去阻止這場災難的發生。」

「災難？」

「所有事件都有環環相扣的因果關係，我只要能斷掉其中一環，就不會導向最糟的結局。」

「其中一環？」

「對，只要其中一環。」我雙手抱著膝蓋，幽幽地說：「不過到了這個時間點，可能已經完全失準了吧。」

「爲什麼？」

「現實已經跟故事嚴重偏離，看看現在的核災，故事連講都沒講過。」

「你這樣說，是很嚴重的邏輯錯誤。」

「我？」

「是。」

沒有錯，我想起來了，死神曾經提出相同的說法，的確沒有人規定厄運不能同時發生，核污染與生化病毒是兩起獨立事件，雖然機率很低，但一起發生並非不可能。

我冷靜下來，才有辦法繼續說：「已經到了這麼後期，如果生化病毒會擴散的話，代表謝律師的女兒會死……」

「到這裡我就完全聽不懂了。」

「故事中，有一名叫作謝律師的人，靠軍火走私發大財，手上有著北韓製作的病毒，原本是想要出國賣到中東地區，結果沒想到唯一的女兒死去，讓他的精神崩潰，釋放了病毒要讓整個世界陪葬。」

「真可怕的人。」

「的確是很可怕的人……我還有辦法阻止的時間點都已經過了，謝律師那邊的情況更是模糊，如今，我也只能夠祈禱，兩宗害死這麼多人的悲劇不要同時發生。」

「只是祈禱嗎？」史琳有些意外。

「其實祈禱，就等於我什麼都沒辦法做的意思。」

「我明白了。」

「更何況，我壓根不信任那些神明。」

「你怎麼……滿滿的怨念？」

「他們說一套做一套，我們這些凡夫俗子，對他們來說比較像是玩具，在這個塵世中翻騰掙扎，從我們的痛苦中提取業績與快樂，是他們在漫長執業時間中培養出的惡趣味。」

「聽起來挺糟糕的。」

「真就這麼糟糕。」

「嗯。」

「其實妳根本就不相信吧。」我暗暗觀察她開車的側臉，除了上回被打裂至今未換的鏡片很可愛之外，其餘都冷冰冰的。

「我信或不信，不影響真相。」史琳說了模稜兩可的回答，果然是精神科醫生模式。

「好的。」

「反正我就是寫小說的，妳就當我在說故事。」

我將頭靠在車窗，不知不覺中沿途的街景變得很不一樣……

「等等，我們怎麼會在高速公路上啊！」腰一挺，我立刻坐起來。

「不是說好要一起去南部度假？」

「……我沒聽說過啊。」

「你有其他地方要去嗎？」

「……」

「沒有吧。」

「這也不代表我們能夠一男一女，沒說幾句話就一起去度假。」聽說人在長期的工作壓迫之下，容易產生精神疾病，我看是眞的。

「你就是個小孩子而已。」史琳踩下油門。

「我頂多小妳五歲。」

「年紀對我來說沒有什麼意義，最重要的是你很有趣，這就夠了。」

「……」

史琳跟我都沒有再說話，我可以非常清晰地看見，她嘴角邊那抹無法用我所知辭彙描述的微笑。

□

莫名其妙，我到了南部。

具體在哪個縣市我也說不出個所以然來，只是覺得特別熱鬧，大街小巷都塞滿人，比過往每一次年節堵得更嚴重，聽新聞說，接近有五十萬人在這段時間往南遷移，是歷史上頭一回。

核電廠周遭三市撤離很正常，其餘北部這麼多縣市的居民跟著逃，顯然是單純的恐慌在作祟……啊，我的確沒資格說別人就是了。

史琳和我開了八小時的車，到達之後才發現根本沒地方可以睡，光是找到一個停車格就已經費盡千辛萬苦。

我們連找飯店與旅舍皆情願靠雙腿在鬧區一間一間詢問，不敢將車子開出來，就怕珍貴的停車格被別人搶走。

我蹲在超商店門前的資源回收桶旁，刷著手機搜索空房。史琳相信面對面詢問會提高成功機率，便選擇直接突襲各大飯店。

然而，我很清楚，如果不趕緊去公園占個好位置的話，我們真的連能躺平睡覺的地方都沒有……

一口氣吸乾手中的葡萄汁，順手扔進資源回收桶內，碰巧有人跟我喝著一模一樣的飲料，同時丟了進來，兩個空罐在半空中撞在一起，殘餘的果汁濺了我滿臉。

「不好意思、不好意思。」

這個男人輕佻的語氣，完全沒有不好意思的意思。

一看就是我最討厭的類型，嬉皮笑臉的，毫不正經，明明穿著一套名牌西裝，卻故意套個超長的領帶垂到幾乎褲襠，刻意要標新立異吸引眼球，噁心。

「你也是北部來的吧？」

「……」我抹掉臉上的斑斑紫點。

「一定很苦惱吧？一般民房的空房間都拿來出租，現在在當地如果沒有認識的朋友，有錢也沒地方住，哈哈，慘。」

「……」

「喂，笑一笑啦，幹嘛擺出這種表情？好像我是狗大便一樣。」

「沒想到你的觀察力這麼敏銳。」

「你會後悔哦。」

「你笑著恐嚇我，沒有任何殺傷力。」

「你這樣子對待財神，絕對會後悔哦。」他對著我露出了大大的笑容。

「……」

「你沒聽過我嗎？」

「超、超惡意財神？」我無法將他跟故事中的財神形象連結在一起，因爲他有著一張帥氣的臉，帥氣到我會討厭的那種。

「正是在下，方士爺。」財神笑容有些僵硬，「不過那個是同行惡意抹黑的外號，不要當眞。」

超惡意財神的事蹟，故事用了整整三十幾萬的字數來描寫，仍只是他執業歷史的一小部分。他也許沒有超殘虐愛神那麼古老，可是喜愛在城隍底線上瘋狂試探的他，絕非善類。

「你找我……有什麼事嗎？」

「常常聽老魏談論到你，難免會感到好奇。」

老魏指的是死神。我意外地問：「神明會對我這種凡人感到好奇？」

財神失笑道：「被天庭挑中的人，不能算是凡人。」

「天庭就是利用我的手寫出一套故事而已，而且預言的部分大半都不準……」

準。」

「那道門……」財神遲疑片刻，又說：「早就到了言出法隨的領域，不可能不準。」

「故事中無比巨大的門我是沒見過，但我見到的天庭，感覺起來就是個隨便說說的傢伙，逼我寫書的目的一開始是說要讓塵世明白神明的辛苦，再來又說是想要迎接愛神的挑戰，最後連拯救世界免於末日這種話都說出口。」

「……」

「你們沒見過門後的事物，當然很難接受門後的事物只是個白痴。」

「你就沒想過，這三個很有可能都是天庭的目的？」

「是是是，他深不可測，你們也高高在上。」我厭煩地說：「你們神明想玩就自己玩吧，我只是想找個地方躲躲，僅僅是這樣子而已。」

「很遺憾的是，有些東西，不是你說不要就能不要的。」

「……你這說法聽起來跟流氓沒什麼兩樣。」

「哈哈哈，我不是這個意思，你怎麼先入爲主的印象這麼重啊，像我這種人見人愛的財神，你不要拿窮神或死神這種臭魚爛蝦來比較。」

「好的神權，用在相反的地方，會更加邪惡。」

「問題是好與壞無法用一條明確的線區分。」財神維持玩世不恭的姿態，「當你手中握有神權，這條線會變得更模糊……我以爲你握有天庭的部分神權之後，會得到相同的領悟。」

「拿到故事的我，一心一意只想救更多的人。」我不滿地說：「或許你能笑我，到頭來做的一點意義都沒有，可是我至少沒半點私心。」

「……」

「說話啊，能言善道的財神不可能被三言兩語駁倒吧。」

「有的部分我現在說破嘴你也不能瞭解，其餘你說得對，我無話可說。」

「……」現在換我無話可說了。

「我原本是擔心你可能會大受打擊，迷失了自我，從此走上一條不歸路，最終死在臭水溝裡面。」

「這樣的發展也太過分了吧！」

「你只要能持續做自己就好了，想怎麼樣就怎麼樣。」財神對我揮揮手，「那我走了，最後給你一個機會，跟財神許點願望吧。」

「不用了，我知道會有什麼下場。」我也揮揮手。

「嘖嘖，人與神之間的信任呢？」

「已經沒有這種東西。」

「好吧。」

「再見，我手上的故事早就失去預言價值，希望你們不要再來打擾我了。」

「在走之前，身為財神不給你一些什麼幫助，顯得我很無能。不如這樣……」財神從西裝口袋中掏出一張紙條，輕輕地放在垃圾桶蓋上，「到這串地址去，最少可以找到一個歇腳的地方。」

「誰知道這是不……」我才剛一把抓起紙條。

財神便已消失無蹤。

「知道什麼？」史琳出現在我身後，手提一袋超商麵包。

我急忙解釋道：「沒事沒事，我原本想問看看附近有沒有過夜的地方。」

「沒有，我詢問過了，通通滿房……果然拋下一切，逃避式的旅遊，不可能如電影演的那般美好。」

「其實剛剛，剛剛、剛剛有人給我一串地址，說這裡可以過夜，我猜可能是什麼爛民宿之類的吧，所以才出聲詢問。」

「你不會上網搜尋一下嗎？」史琳直接將手機扔給我。

已經到了這番田地，如果不想睡在又小又窄的車子內，只能被迫接受財神的好意了。

我慢慢地將地址輸入進搜尋引擎……

出乎意料之外的幾個字映上我的視網膜。

□

史琳目前給我的感覺，就是只要有張床能躺，即便那張床位於地獄都沒關係……

於是，當我跟她說，有個地方可以睡，她就說「好喔我們走」，連問都沒有多問一句。

一般來說，必須要受到什麼嚴重創傷，或者是失去一切，才會自暴白棄地拋開現有的生活，離開原本的生活環境。史琳身爲醫生，擁有較高的社經地位，縱使目前工作環境近乎血汗工廠，但說走就走眞的沒問題嗎？

我沒問，就算問了，她大概也是隨口說沒差就帶過去。

依照網路地圖導航的定位，我們一路開進遼闊的農田地帶，透過車窗一眼望出去，全部都是農作物，空氣中有著淡淡的稻香，先不管前路如何，至少我藉此得到短暫的療癒。

「是不是這裡？」史琳的詢問將我的思緒拉回現實。

我確認手機顯示的定位，是這裡沒錯。

建立在農田之中的洋樓，風格與周圍顯得有些格格不入，三層高就已是廣大區域中的最高點，外觀的用色很大膽強烈，四周擺放著許多裝飾與擺設，讓人一眼看見就再也移不開視線。

當然最奇妙的還是，門前懸吊的招牌。

「神明探究學院……」我唸了出來。

原本在網路上看到這個名詞就已經很錯愕，沒想到親眼目睹之後，錯愕的感覺沒有消退半分。

「神明探究學院……」史琳也不自覺地唸了出來。

「其實我不確定這究竟是怎樣的地方……要不要我們先問問周圍的農民？」

「有地方休息就好。」

史琳率先推開了門，一整串的風鈴與門鈴同時發出清脆的聲響，此地的主人聞聲而至，保持著友善的微笑，親切地打了聲招呼。

一進門即可聞到清淡的花香，屋內的擺飾如同小型博物館的收藏，人大小小的木雕以及銅像，牆面掛滿宗教相關的卷軸，桌面與展示台清楚條列著木簡與古冊，隔著封死的玻璃，我依舊可以感受到神祕和歲月的痕跡。

這麼多寶貝，究竟要花多少錢跟時間蒐集？我無法想像。

我無法用肉眼判斷女主人的年紀，只能說大約四十歲到六十歲之間，穩健的步伐和俐落的動作，感覺起來還在中年，然而那一頭白髮，以及滄桑的雙眸，又好像歷經了太久的光陰，難以避免地邁入老年。

她放下小鏟子，再脫掉手套，友好地說：「是來幫我的，還是來尋求協助？」

突然的質問，我摸不清對方的意圖，畢竟是財神的建議，我不得不過度謹慎，而史琳依然冷淡沉默，讓我們初次見面即陷入無聲的尷尬。

「有什麼是需要我幫忙的嗎？」對方還是相當友善。

「不知道……妳這裡有沒有提供借宿？」我沒辦法告訴她是神明介紹，只好瞎扯道：「我們是在網路上求助，有個網友就推薦可以到這裡問問。」

「借宿……」她低吟道：「看你們一臉疲憊的模樣，再加上最近新聞不斷報導的核災，我猜如果不是走投無路也不會找到這邊吧？」

「如妳所說，我們的確是遇到困難……」

「沒關係，來者是客，我的確是有一間給丈夫的空房，他已經不在了，如果你們不介意的話可以住進去。」

「多謝多謝。你們有沒有走廊或者是倉庫？讓我窩著睡一覺就好。」

「啊，抱歉，我原以為你們是情侶。」對方掩著嘴，道歉。

一直不講話的史琳，冷不防開口道：「不是情侶，但是睡同一間沒關係。」

「……」

「好的，你們彼此不介意就好，其他的房間都塞滿了我的雜物，沒有空間可以休息，讓客人睡走廊，我心裡又過意不去。」

當史琳氣力放盡的時候，就會變成現在的樣子，什麼都好、什麼都無所謂，只要有一張床，能夠躺下去睡覺，估計睡在火爐上面也沒關係。

這種情況下，身為男性不可能再有意見。

對方很親切地幫我們搬了行李，不對，不是我們的行李，是史琳一個人的行李。

我發現她的身子骨特別瘦，只是罩在寬大的罩衫下看不太出來，另外她左手的無名指與小拇指都斷了一截，所以習慣用右手來提。

說到行李，目前我身無分文，連一把牙刷都沒有，在這一大片農田的正中間，我的大腦想不出解決的辦法。

她們似乎同時察覺到我的窘迫。

「如果是簡單的換洗衣物，穿我丈夫的就好，很多都是全新的。」

「缺少的日常用品，在網路上買一買，明天就會送來了。」

雖然不能說是施捨，但是不斷接受他人幫助的我，依舊會感到很不自在，想多做些什麼來報答，問題是現階段自己什麼都做不了。

房間在三樓，搬著行李進去，馬上就會察覺到，此地無比乾淨，幾乎到了一塵不染的程度，有一張雙人床，棉被摺得整整齊齊，還有一組木椅跟木桌，添增了不少的古色古香。

不出所料，史琳三步併作兩步，直接趴倒在雙人床中央，完全不管主人還沒離開，我尷尬地打著圓場，說已經兩天找不到落腳處，真的非常不好意思。

「沒關係、沒關係，你們先睡吧，等等吃晚餐我再叫你們。」

「感謝，不過你們這邊可以刷卡嗎？還是有其他付費方式？」

「不用，萍水相逢即是有緣。」

「其實她是醫生，不用擔心價格的問題，我之後也會把欠款還給她的。」

「安心住下來，我這裡冷清了這麼多年，有點人熱鬧熱鬧也好……要不然，明天早上，下來陪我聊聊天，如何？」

「這當然沒問題……」

「那你們早點休息。」

對方是真的半點沒有要收費的意思，掛著和善的笑容，就要離開房間了。

「等等。」我喊住對方，「一直忘記詢問，該怎麼稱呼妳？」

「叫我芬芬，後面不要接阿姨、姊姊或者是小姐，我沒這麼老。」她下樓了。

「……芬芬!?」剩下我呆站在原地。

□

裹著棉被，我像條蟲蜷縮在牆邊，耳邊聽著田野特有的蟲鳴與史琳獨特的打呼聲失眠了，失眠的原因並不是以上噪音，而是芬芬。

芬芬在故事中可謂是舉足輕重，就是她跟歐陽的悲戀開啓了後續所有因果。根據我的記憶，因爲芬芬與歐陽的家世差距過大，讓歐陽潛意識產生了自卑的心理，以及對金錢的渴望，才盜領了黑道大佬的黑錢，導致自身遭到警方與黑幫雙重夾殺，最終被擊斃於財神廟前。

爲了替男友報仇，芬芬的故事更加瘋狂，用同歸於盡也在所不惜的方式，成功打倒黑道大佬，這過程中所流出的血與痛苦常人無法理解，所幸遇見了財神、死神、愛神、窮神以不講道理的方式強制干涉，硬是救回了一條命。

沒想到又一個存在於故事中的角色活生生地出現在我眼前，讓我難以適應。

不過，芬芬無論從什麼角度看，都是個不折不扣的好人，這一回財神沒有陰我。

怎麼翻滾都睡不著，體力消耗得太多，肚子又好餓……想起來找些東西吃，相信慷慨的主人不會介意。

深夜，我的腳步踩在木質的地板上，些許的嘎嘎聲無可避免。

站在走廊上，左右兩側共有四道門，扣掉一間浴室，代表三樓有三間獨立的套房，以相同的規格來計算，二樓也會有三間獨立的套房。這麼多空間只住著一個人，其餘的難道眞被收藏品給塞滿？

創作者最糟糕的就是好奇心，一旦產生想要探知眞相的想法，就如同滴進清水的墨，會變淡、會被稀釋，可是不會消失。

門都沒鎖，更是助長我窺看的意念……

爲了減少惱人的噪音，我盡全力放輕腳步，明明是兩公尺左右的距離，我用掉了全力衝刺兩百公尺的時間。

門一開啓，撲面而來的是濃得讓我作嘔的檀香以及樟腦的混合氣味，不得不捏著鼻子前進，這動作跟我進入停水公廁時一樣，要不是越發熾烈的好奇心作祟，眞想扭頭就走。

房間內的擺設很雜亂卻又很簡單，基本上就是中間擺著一張木製辦公桌，其餘四周全堆滿了收藏品，古籍、畫卷占最大宗，密密麻麻塞滿所有縫隙。最搶眼的是數尊等人高的修羅雕像，怒目圓睜、殺氣騰騰，姿態全不一樣，我起了一點雞皮疙瘩。

溫度、濕氣、明暗的控制器就在門邊，藉由這些機器的運作，綜合了所有要素，讓現場無比森然……

我走到辦公桌前，桌面上不規則擺放著《上清丹元玉眞帝皇飛仙上經》、《上清太極隱注玉經寶訣》、《洞玄靈寶定觀經》、《沖虛眞經》、《火官寶誥》、《圓嶠內篇》、《胎息祕要歌訣》……而且這些印刷本，幾乎都有被翻爛的跡象。

另外還有兩本小冊，從裝訂的方式判斷應該是近代的手抄本，不過以書法寫成的潦草字體與泛黃硬化的紙質來說，估計也有數十年的歷史，較可惜的是我看不太懂上頭寫的內容，裡面用了非常多像是玄幻小說才會出現的用詞。

將兩本小冊闔上，書封的中央位置寫著「冥冥坤藏」、「死印歸靈此方」，嗯，完全無法理解，有可能芬芬撿回一條命之後，逐漸醉心於宗教典籍的收藏與古文獻的研究。

總覺得房外有著若有似無的動靜，大概是我作賊心虛，變得比較疑神疑鬼，靜悄悄地退出去，一面關上門、一面確認走廊沒人，稍稍鬆一口氣，便下樓到餐廳。

餐廳與廚房是連在一塊的，撥開門簾探頭進去看，就是一般的廚房，鍋碗瓢盆一應俱全。住在鄉間交通比較不方便，估計都是自炊的比例高，這也代表冰箱有食物的機率高，可喜可賀。

冰箱挺大的，我忍著饑餓感打開，裡頭的光芒就像是遊戲中打開寶箱時會噴發的白光，逼得我的眼睛只能瞇成一條線，視線從模糊到清楚得浪費個兩、三秒。

整個冷藏室的隔板全部被拆掉，塞進了一個大型的黑色塑膠袋，從鼓起的外觀推斷，裡面顯然有裝東西……

我咽了一口口水，饑餓感已經消退大半。

非常有可能是山豬，畢竟要食用肉類，購買一整頭比較便宜，沒錯，台灣人最常食用的肉類就是豬，這並沒有什麼特別的地方，真的沒有特別的地方。

我稍稍側過頭，冰箱門上的塑膠架排列著許多中藥，看起來都不像是可以直接食用的樣子，其中有幾個色彩斑斕的錦盒，我打開之後，確認裡面是金色的藥丸……或者該說是金丹？

輕輕地擺回去，當作沒打開過，視線游移到幾根胡蘿蔔上，生菜沙拉內的胡蘿蔔絲也是生的，代表我只要洗乾淨、削削皮就可以吃了，或許不太美味，但充飢足矣。

黑色塑膠袋？

完了，我那該死的好奇心又開始發作了……

芬芬就一人獨居，買這一大頭豬是要吃到西元幾年？裡頭必定不是用來吃的食物，那究竟是什麼？我心裡沒底，但伸手一拉就可以得到答案。

是的，這麼小的動作、這麼小的代價，我怎麼可能不做呢？

悲哀的是，其實這個動作很大、代價也很大，我輕輕一拉，整個黑色塑膠袋就朝冰箱門外倒了下來，原來它本來就處在一個微妙平衡的狀態，遭到我的外力干擾，所謂的平衡旋即不復存在。

我相當敏捷地往後跳了一步，黑色塑膠袋裡頭的內容物也露出大半，是一顆馬的頭，更正確的說法是一隻小馬駒的頭，牠沒有闔上的眼睛，有著長長的睫毛，渾濁的左眸正在看著我。

這種強烈的恐懼感，真的讓我的心跳漏了幾下，連呼吸都戛然而止。

當我跟死去的眼睛對視，自己的靈魂彷彿也正在流逝，抽離，被另一邊圓形的濁物吸進去。

小馬駒身體的部分都還在黑色塑膠袋內，暴露在外的屍首更顯絕望，其實我們都很絕望，尤其是我不敢將現場恢復原狀……

雙手搓著，我輕微地跺著腳，不想去接觸令我發毛的死物。

冷不防，一隻手搭在我的肩上，我放聲尖叫，用扭斷自己脖子的速度轉頭……

「不用害怕，我來處理。」芬芬柔聲道。

她的溫柔完全沒有緩解我的恐懼，應該說她的溫柔只會更加深我的恐懼，冰箱散

發出的慘白光線，穿透白色的髮絲所造成的反射，使其削瘦的臉變得格外陰沉

「這、這到底是爲什麼？」我顫聲問。

芬芬彎腰一把拉起小馬駒的鬃毛，像拉起無所謂的垃圾，重新塞回冰箱，關上冰箱門，這樣整個環境再度回歸黑暗。

「肚子餓的話，我幫你煮一碗下水湯當宵夜吧。」

「不用了，不用不用，沒關係，我先回去睡了……」

稍早的食慾早就消失殆盡，再多待一秒鐘，我總覺得自己也會變成下水湯的一部分，連忙跟對方道歉，就連滾帶爬地回到房間。

依稀還能聽見，她在我的身後，笑著說了晚安。

□

根本沒辦法睡，眼睛一閉上，小馬駒的眼睛就會出現，瞳孔是無盡深淵般的黑色，隨時會將我吞噬。

我是眼睜睜看著窗外的光線從灰色漸漸變成白色、再變成黃色。史琳睡飽起床

了，不清楚我昨天的遭遇，還揉著肚子說要吃早餐。

不知道房間裡是不是有竊聽器……芬芬沒過多久就來敲門，說早餐已經煮好了，大家可以下去用餐。

即便是到現在還是沒什麼胃口，可是我們身為客人，住在別人的家裡，實在沒道理裝死不去。

一張方桌，四張藤椅，一個空位。

刷牙洗臉完畢的史琳是真的餓了，沒有客氣也沒在管什麼淑女形象，大口大口地吃了起來。我的手握著筷子，掃視整個桌面的食物，鮮肉粥、花生、麵筋、地瓜葉，傳統的台式早餐，豐盛營養健康，然而我的筷子就是伸不出去。

「是不是不合你的胃口？」芬芬關心問。

「不是不是，是因為我有認床的問題，昨天睡得不好……」

「嗯，看得出來你的臉色真的很差。」

滿嘴麵筋的史琳插話道：「趕緊吃，吃飽才有力氣。」

都講到這種程度，如果我再不吃就好像在嫌棄別人的食物，努力地甩開昨晚的陰影，慢慢地吃了起來。

史琳與芬芬聊著北部的災情，表明自己是醫生，受不了這麼龐大的工作壓力，決定不顧一切地逃出來，而我是在路上順便撿到的病人，無家可歸很可憐的樣子。

通過她們的閒聊，我大概瞭解南部的狀況，因爲從北部下來了大量的人潮，嚴重衝擊了原先的生活品質，物價變得很高，連去超商都要排隊，所幸此地位於農耕區實在偏僻，幾乎沒有受到太多影響。

還有一個好處就是，四周都是農產品，跟鄰居講一聲，隨地有蔬果可撿，不管外頭的物價漲了多高，在這裡都可以吃得飽飽。

她們之間的閒聊沒有暫停的跡象，我很想找個藉口告辭這張餐桌，甚至告辭這棟怪樓，可是找不到可以插入的點，雙眼就持續無意義地遊移……

直到我發現芬芬習慣性地挾起地瓜葉，放入左手邊的空碗，空碗擺放之處，是沒有人的座位。

難道都沒有人覺得這個動作很怪嗎？我特意瞥了史琳一眼，沒有任何多餘的反應，彷彿餐桌上的一切都很正常。

「不要介意。」芬芬察覺到我的懷疑，「挾菜給他，只是我長久以來的習慣。」

「我、我沒有介意。」我想趕快吃完。

「妳丈夫呢？」史琳居然多問了。

「很久前就過世了……只是無論過多久我仍習慣他在。」芬芬側過頭，橫了空位一眼，像是在控訴與埋怨，「父母、親友不斷勸我要早點看開，去找第二春，認識更多的人。」

「結果呢？」

「我不就躲到這來了嗎？」

「他……一定是讓妳刻骨銘心的男人。」

「沒辦法，就這樣愛上了。」芬芬不忌諱過往的隱私，「他是我見過最聰明的人，在很糟糕的家庭環境中，靠自己半工半讀考上第一志願，還能順手教我這種笨蛋讀書呢。」

「是律師或是醫生嗎？」

「他是幫派份子，最後死於槍擊。」

「……」

「請不要誤會，他會走上這條路，追根究柢是我害的。」芬芬放下碗筷，明明已經過了這麼長的時間，但神情中的愧疚沒有減少半點。

即便故事用掉數萬字的篇幅來描述她的懊悔，都比不上此刻一個輕輕蹙眉所傳遞出的遺憾和惆悵，我似乎能感受到同等的悲傷。

根據故事的記錄，芬芬是富家千金，好死不死就愛上了歐陽這個窮小子，不幸的是歐陽在財神廟埕前遭到擊殺，也一同改變了她的人生，從此走上復仇的道路，拋棄了本該富裕的生活，費盡千辛萬苦，不管承受多大的痛苦，犧牲掉了多少事物，唯一的念想就是讓歐陽瞑目。

最終芬芬犧牲自己，的確復仇成功，就在死亡之前，眾神伸出援手，硬生生地救回她一條命。後來故事對她的描寫就不多了，我記得是回去接手家族的事業，過著幸福美滿又有錢的日子才對。

芬芬再度提起了筷子，將碗裡殘餘的粥吃完，平淡地說：「當我散盡財產，躲到沒有多少人的田野鄉間，心中反而更平靜安詳。」

「得償所願就好。」史琳看起來也不打算再問下去。

「你們還年輕，未來的人生還很好，不能跟我一樣長時間躲在這種地方。」芬芬居然下了逐客令，「我們雖然有緣分，卻不應該太長，你們決定好離開的時間，再麻煩告知我一聲。」

「好的，我們會盡快找到新的居住地。」

「我吃飽了，你們慢慢吃沒關係，碗筷留著等我採買回來再說。」

芬芬還是很客氣，而且很乾脆地說走就走，剛好我也覺得此地不宜久留，暗示史琳行李收一收趕緊逃跑。

「你不覺得他們夫妻很有趣嗎？」滿嘴的粥，她說出來的話跟腦袋一樣不清楚。

「……我們該走了，越快越好。」我只能明示。

「這麼好的環境，能住多久算多久。」

「妳知不知道她的冰箱有……馬屍！」

「我的冰箱有豬屍、雞屍。」

「我不是這個意思，現在不要開玩笑了。」

「在日本馬肉罐頭是很常見的食品。」史琳像個清道夫慢慢掃完剩餘的早餐。

「妳能不能有一點危機意識？」我急呼呼地說。

「你能不能不要杞人憂天？」

「……算了，之後出什麼事，別怪我沒說。」

眞讓人不快，史琳目前的表現，就跟驚悚電影中第一個死的配角一模一樣，神經大條又嘴硬，還不愛聽主角的勸告。

她不明白故事中的芬芬有多偏執，替歐陽復仇的過程中，無數犧牲和固執的恨意並沒有讓我覺得痴情，反倒是滿滿的驚怵，這樣的人做事是沒有底線也沒有極限的。

我需要除了那一匹馬之外，其他的證明，讓這位本該最早死掉的配角領悟到不逃不行。

於是，我又回到了三樓，打開不該開的門。

□

一定有什麼能夠證明芬芬的精神狀況有問題。

緊閉的房間很多，我一間一間打開，絕大部分都堆滿宗教古籍與型態各異的木雕，神話中的神明繪像穿插在百鬼亂舞的繪卷中交替排列，所有的牆面被過度鮮豔的顏色填滿，顏料濃稠得彷彿快從宣紙上溢出。

很美的藝術品，但我就是看得很不舒服。

大致找過一遍，三樓沒有更值得注意的事物，快速地前往二樓，當我站在最後一間房間前，立刻就知道不對勁了……

是味道，淡淡的腥臭味。

打開門，是沒有窗的房間，地板繪著只有恐怖電影才會出現的道家法陣，彎彎曲曲的線條，卻依然明顯看得出來這是有規律且帶有力量的紋路。附近有許多立在地磚上的蠟燭，沒有點燃，而是以一種歪七扭八的姿勢站立，宛若有無數的小人正在迎接我開門。

透過蠟燭我才發現，這個房間沒有安裝電燈，唯一的光源就是我身後的門外。

將門開到最大，讓更多的光線進來，原來牆壁的白色油漆之上，畫滿了密密麻麻的符紋，紅色的線條密集到一定的程度，幾乎要蓋過白色的基底。

還有一個偏僻的角落，貼滿黃色的符紙，就在這一個兩面牆與地面交會的地方，供奉著一尊……我無法判斷是什麼。

天花板懸吊著一圈鐵鍊，無風自動，響聲清脆。

在法陣中央還擺著一本古籍，黑灰色的書封沒有標示任何字，卻依然在透過某種奇特的方式告訴我，這就是一切的起源，芬芬思維的核心。

蹲下撿起，我極其小心地翻開那隨時都會脆化的紙頁，上頭應該是用毛筆書寫的墨字，經過長年累月的關係，其實看不太清楚，利用手機照明的功能，把臉盡量靠近，總算判斷出上頭是古文字以及文言文。

這個時代已經沒有人在讀文言文了，不過這個時代有手機這種東西……我立刻聯想到，有一個ＡＰＰ支援即時翻譯的功能。

還好這裡的網路收訊很順暢，ＡＰＰ下載好之後，對準書的頁面，手機就自動將文字的亮度與對比度調高，讓ＡＩ進行判斷。可惜即便是如此先進的軟體，翻譯出來的內容也並不完整。

「招魂……」我下意識地唸出讀到的訊息，「陰陽之隔、下陰界、三牲、七魄、魂歸處、屍身、三途判、削骨、幽冥、懸梁、人血、地獸……獻祭、神魔一線、蛇與蠱……這些到底是什麼意思……」

我根本不必去探究這種怪書上面寫的內容，只要是精神正常的人類，進來看一眼房間的狀況，都會知道這裡讓人的精神不正常。

用來說服後知後覺的史琳已經夠了。

身後有腳步聲傳來。

「史琳，快點過來看這個。」

「不好意思，她去幫我摘番茄了，你想讓我看什麼呢？」

「……」

別說是吭聲了，我甚至不敢回頭。

芬芬徐徐地接過我手中的古籍，勸道：「這是邪惡之物，不要看，對你不好。」

「爲、爲什麼？」我輕聲問。

我與芬芬這輩子是第一次見面，彼此陌生無關聯，是兩條平行線，只要我逃離這裡，未來她是死是活與我沒半點牽連……探究神鬼到走火入魔也好，泯滅天良的邪惡術法也罷，要怎樣都可以，我們又不熟。

不過……

可是……

然而……

透過故事，我瞭解她本該幸福愜意的部分人生，就很難再當作什麼都不知道。

「這個說來話長……你們還是快離開吧。」芬芬並不是用警告的口吻，語氣中全是苦澀。

「我想聽，是妳說要跟我聊聊的。」我還是想要相信眼前歷經風霜的女人。

「……你想聊什麼？」

「就從這個房間聊起。」

「在說這個房間之前，我得先問，你相信這個世界有神明嗎？」

「……」

「不相信對吧？沒關係，沒有人相信。」芬芬聳聳肩，苦笑道：「絕大部分的人把神明當成一種精神寄託，或是一種崇高的形象。但是我知道，神明的外觀就跟我們一般人沒有不同，長得像高中生、長得像業務員、長得像上班族。」

「妳見過？」

「沒錯，我見過，在生命最危急的時刻，神明現身救回我一條命。」

「……」

「我身上的傷疤就是最好的證明，可惜就是沒人相信，包括你，對不對？」

「無法證明的未知存在，我目前沒有辦法認同，也沒有辦法反對。」我只能說謊，不能再讓她繼續沉淪於根本沒有答案的問題。

「我就是想證明，神明的確存在。」芬芬格外倔強地說：「就算我散盡積蓄、賣掉繼承的股票，面對親人的不諒解、朋友的離去，都不能阻止我追尋眞相，最終一定要讓所有人知道，對的是我。」

「問題是妳根本就不可能證明。」

「我會繼續磨，磨到有可能爲止。」

「……妳有沒有想過，放下的話會比較輕鬆。」

「我很喜歡跟別人講自己去登南迦巴瓦峰的故事……」芬芬穿過林立的蠟燭到牆角的雕像旁，極其熟練地沒有碰倒任何一根，「那是西藏的聖山之一，接近八千公尺的高度，無法用言語描述的冷冽。有人告訴我說南迦巴瓦峰上有聖碑，通曉天地眞理。爲了見聖碑一眼，我花了半年的時間來訓練自己，但直到我眞的面對這座聖山開始攀登，才知道再多的準備都無濟於事。」

「妳還能活著跟我說這個故事，很好了。」

「我走到距離終點還有一小時左右的路程時，身體就深刻明白一件事，即便到達目的地，也沒有體力走回來了，在那個當下，可以選擇放棄，可以選擇見到聖碑再死，這兩個選項擺在所有人的面前，大家的選擇其實都會跟我一樣。」

「就沒有不去爬山這個選項嗎？」

「沒有，從頭到尾我都沒有退路，必然要見聖碑一面。」

「……」

「別輕易叫我放下，我已經放下太多了。」芬芬跪在我看不清的雕像前，虔誠地拜了拜。

我開始對故事好奇，不解地問：「妳還沒說是怎麼回來的。」

「有人幫忙叫救援用的直升機，花了我兩百多萬。」

「見到聖碑了嗎？」

「見到了，但那與我認知的神明無關，就只是一塊古老的大石頭罷了。」

「爲一塊石頭差點喪命，不值得吧。」

「能得到一個證明就値得，我曾經買過一本僞典燒掉百來萬，被幾位神棍聯手騙掉近千萬，人人都笑我痴傻，然而我何嘗沒有懷疑過眞假……問題是哪怕僅有千分之一的機率爲眞，我也不能錯過。」

「瘋子……」

「我沒有否認過。」

面對我脫口而出的失禮言辭，芬芬沒有生氣，招招手讓我過去。

我依指示走了過去，她從雕像底座抽出一張黃紙，上頭的字很娟秀，寫著「順遂平安」四個字，緊接著黃紙被摺成了一個八卦形，遞到了我的面前。

「書法算我這些年唯一的興趣，符壓在這讓神明加持這麼久，希望能保佑你們一路順遂。」

我沒有接過，因爲我注意到她的缺指……

缺少的無名指跟小拇指。

剎那間，我懂了。

芬芬眞正的目的！

那尊我原本因爲光線太暗看不清楚的雕像，現在卻看得一清二楚，是長髮飄逸的窮神。

「妳的手指是怎麼回事？」我刻意問。

「登山時凍壞了，醫生說要截肢。」

「是醫生截的，還是自己動手？」

「……」

「這些亂七八糟的邪書指示要獻祭雙指，妳沒辦法傷害別人，卻很擅長傷害自己。」我攤開來說了，否則她永遠不會清醒，「還有至親和摯友。」

「……」芬芬意外地問：「你認識我？」

「沒錯，我大概也猜得出來妳與摯友決裂的原因。」

「……不可能。」

「即便是妳，要自斷兩指難度還是太高了，切除、止血、縫合都需要專業人士，而妳的錢沒剩太多，要讓專業人士賭上證照去滿足妳瘋狂的願望很難，勢必只能去哀求身爲護士的她了，估計妳應該有說出『不幫我，我就自己切，妳就眼睜睜看著我失血過多死掉』這種任性的話。」

「……」芬芬的表情再也無法維持平靜無波的那種淡然。

「她也是個心軟的女人，從醫院偷了麻醉劑跟醫療用品，懷著一顆破碎的心動手，從此決定不會再跟妳往來了，而且妳也知道有這個後果。」

「你怎麼會知道這些？是她跟你說的嗎？」

「妳犧牲了兩根手指跟摯友，得償所願了嗎？」

面對我不留情面的詢問，芬芬大爲震動，畢竟答案早就擺在面前，所有的犧牲不過是令人捧腹的笑話，除了痛楚、愚蠢以及鮮血，沒有什麼會留下。

「我……沒有退路。」她慘澹地笑。

「放下就是退路，神明是否眞實存在根本不重要，自己過上好日子比較有意義啊。」我努力地勸。

「謝謝，你是個好人，我感受到好意……」芬芬擺出送客的手勢，「不過從我丈夫去世的那天起，我就不可能再過上好日子了，他是全天下對我最好的人，也因爲愛我而死。你們趕緊走吧，我這種寡婦很不祥，很多東西嚇到你，眞的很不好意思。」

「如果換個新環境呢？」

「一直以來他的骨灰就放在鎭上的塔位，就像陪在我身邊，此生，我走不了。」

「……」

「尋神，是畢生之志，別認爲我傻傻的只會被騙，總有一天答案會因我浮現。」

「無論我再多說什麼，都沒有用了吧？」

「是的。」

芬芬徹頭徹尾都清楚自己的所作所爲會走向一條不幸的道路，也就是我最討厭的悲劇，於是乎，無論怎麼罵、怎麼勸、怎麼說，都不會有任何的效果，我除了轉身離去以外，選擇不看是我唯一能做的。

我默默地走出去，只想遠離這團黑暗。

「跟翠杉說一聲，謝謝，還有對不起，以後不要再找人來浪費時間了。」

她在我的身後說出自己的誤會，我沒有去澄清，反正一點都不重要。

回到房間，我開始收拾史琳的行李，還好剛落腳沒多久，大部分都還在行李箱中。

很快我就拖出兩大箱，不管史琳會不會有沒收拾整齊的抱怨，總之能早一秒鐘離開就早一秒，或許我沉悶壓抑的胸膛能得到一點點解脫。

無法改變悲劇，但我可以離悲劇遠一些，想當初我信誓旦旦跟死神說，要阻止所有的悲劇，在我落荒而逃的當下就顯得格外可笑。

拖著兩大箱，坐在芬芬的家門前，我得等史琳回來，番茄到底要摘多久？耐心不斷地消退，接近正午的陽光更是加速磨去耐性。

不免又回憶起故事中的芬芬與歐陽了。

歐陽原本是考上醫學院未來要當醫生的人才，與富家千金算是匹配，可惜惡劣的家庭環境害他無法畢業，爲了賺快錢還債不得不跟壞朋友一同誤入歧途。

這過程當然有很大的部分是自尊心作祟，而他無法輕易放下的自尊其實就是芬芬。

一個死的循環。

一發貫穿歐陽腦袋的子彈，用死解開了死結，遺憾的是被留下的芬芬，至今仍然無法解脫。

「結果整個人都壞掉了。」我歪著頭看著神明探究學院的牌匾，忍不住道：「何必迷信去追求沒有意義的事物……見到神明根本沒有半點好處，只有災難跟更多的災難啊，實在不能瞭解，爲什麼要這麼偏執……或許人家有人家的理由吧，只是我完全不能接受……」

嗯？

或許人家有人家的理由？

什麼理由？

「該不會……」我的頭皮開始發麻，手指指尖開始冰冷，喃喃自語道：「不是不是不是……我搞錯了吧……我搞錯了？嗯，搞錯了……搞錯了搞錯了……這不是我想的這樣，芬芬是有理由的，並不是旁人想的那樣，完全不相同，所有人都搞錯了……」

看一眼手錶，已經過去四十幾分鐘，我確認時間的雙眼瞳孔放大。

不管史琳到底回不回來了，將行李隨便扔在一旁，我狂奔進屋內，直上樓梯到達二樓，最裡面的房間果然已經關上門，門把一轉也確實鎖上，完全按照我最糟糕的預想在發展……

「不好意思，請開開門。」

我不停拍打門板。

「幾句話就好，我們談一談好不好？」

裡面還是沒有回應，門是被反鎖的，芬芬肯定就在裡面。

我不停地拍打，心臟跟著狂跳。

嘗試用肩頭衝撞門面，一個反震跌坐在地上，爬起來再撞，沒有效果，就再繼續撞，我的身體痛得半死，房門卻依然紋風不動，第一次爲自己柔弱的身軀感到厭惡。

難道來不及了嗎？

我去搬了一張椅子來砸門鎖，不知道是有錢人家用的東西特別牢固，還是我的力氣實在太小，鎖斷開之前，我覺得雙手會先斷掉。

冷汗混著熱汗，滿身濕，氣喘吁吁。

氣惱地將椅子扔掉，我大聲道：「告訴妳，我不是翠杉派來的，對於妳後半輩子追尋的那個問題，眞相就在我的手上！」

沒有反應。

「指引我來的，就是妳口中的神明。」

依舊沒有反應。

「妳都等了這麼長的時間，不能多花幾分鐘被我騙一次嗎？只要有千分之一的機率爲眞，就不能放棄吧！」

用芬芬的思維邏輯勸說，她明知是假的也必然會開門。

咔一聲，無法突破的房門開啓了。

裡面雖有點點燭光，可是昏暗得什麼都看不清，包括芬芬枯瘦的身姿，包括籠罩在黑暗中的臉龐。

「給我妳的手機。」我提出要求。

她直接扔過來，不給我靠近的機會。

仍在陰黑房間的她與站在光亮走廊上的我，被一道隨時會闔上的門隔開。

「其實妳根本不在意外界的目光，因爲妳擁有牢不可破的動機與日標。」

「爲了證明神明的存在，被詐欺得傾家蕩產，被拋棄孤苦伶仃，從繁盛熱鬧的都市，搬到冷清無人的鄉間，過著苦行僧一般的生活，家人會認爲妳瘋了，背棄家族，糟蹋資產，血緣關係不如一段可笑的痴心妄想；朋友會覺得妳瘋了，情緒勒索，性命威脅，多年交情都不如一票無法證明眞假的仙班。」

「妳有那麼傻嗎？」

「沒有，只是妳有更高而且更瘋狂的追求。」

「想要找到神明，是因爲妳想再見歐陽一面，既然神明可以救回妳一條命，自然也可以救回歐陽。」

藏於黑暗中的身影在顫抖。

「神明對妳來說，只不過是見到歐陽的一條途徑。」我毫不留情地說道：「爲此犧牲親情、友情又算得了什麼，連手指頭都可以毅然決然地砍下來獻祭，我一旦想通了這一點，妳全數的所作所爲都合乎了邏輯。」

「什麼邏輯……」芬芬乾澀地開口。

「合乎了痴情傻瓜的角色邏輯啊。」

「……」

「到這時候，再一次見到神明變得格外重要了，妳窮盡所有的力量跟資源，打著超自然研究的旗號，組織一支調查隊，先從科學與學術下手，可惜虛度了這麼長的光陰，一點研究成果都沒有，只好宣告解散再另尋他法。」

「你調查過我？」

「妳找到的新方法就是從鄉野奇譚著手，開始拜訪奇人方士，請教宗教大師，大肆收購明市或者黑市上面的古書文物，尤其是與方術相關或冷僻的異端邪術讓妳特別覺得有機會，不過這是一個無底洞，無論投入了多少，始終都沒有看見盡頭的一天。」

「……」

「家產雖然雄厚，也不是富可敵國，一天又一天地過去，終究燃燒殆盡了……所以神明才會讓我來。」我同時明白，神明的一言一行皆有深坑。

「我還是沒看到證據，你說的這一些，花錢請人調查就可以知道。」芬芬說是這麼說，可是動搖的語氣仍太明顯。

「經過萬般的嘗試、探索，妳總算明白一個道理，除了那一次的機緣之外，再無人親眼見過神明，這代表先前的兩種方法都宣告失敗。我不清楚妳會覺得難過，還是因此得到瞭解脫。」

「……」

「既然妳才是最接近神明的那個人，自然妳的方法才是最可能成功的方法。」

「……」

說到這，芬芬已經沒有先前那種「看破世事」的自我放棄感，黑暗中那對瞳孔的反光，很明顯看出有著激動與焦慮的波光流轉，宛若被遺棄於孤島數十年的人發現有一艘船朝自己漂來，只是尚無法確認是破掉的船體殘骸還是足以破浪的救生筏。

我現在就告知她答案。

「妳打算獻祭自己，再死一次，賭那些神明會不會再救一次！」

語畢，沒有驚訝後的靜默，芬芬向前幾步，誠惶誠恐地追問。

「……這不可能，你怎麼會？你是怎麼？」

「眞相就在這，妳要走出房間才看得清。」

我抬起手，手機已從雲端資料夾下載完天庭逼我寫的故事，第一章的開頭〈歐陽姓車手〉就顯示在螢幕上。

芬芬歪歪斜斜地走出房間，身後不遠處懸吊的鐵鍊在晃動，彷彿在昭示著一種解脫。等到她完全站在陽光底下，我也見著了滿溢的淚水不受控地流淌，每一滴淚珠也都是不受控的殷切和盼望。

故事中許多的描述和橋段，甚至是心理狀態的描繪，相信芬芬一定能認知到，除非是神明，否則沒有任何一種科技或魔術可以做到這種事。

螢幕顯示的文字記錄著歐陽最後一段的人生過程。

透過她近乎哀號的哭聲，還有跌落跪坐的姿勢，果然是如同我的預測一般，神權的力量不可能造假。

她懂的。

讀者在讀書，身爲半個作者的我繼續留在現場有點尷尬。

我默默地下了樓梯。

或許我無法避免掉故事最後的悲劇，但至少在這個章節、至少有一個章節，我能夠給讀者一個好的展開。

□

芬芬的家門前行李還在，史琳坐在我原本坐的台階上，沒有吃手中的番茄。

我坐在她身邊，依稀還能聽見芬芬的哀泣，眼前的鄉間小路與暖卻不熱的光芒沖淡了悲傷的氣息。受傷並不可怕，傷口總有一天會癒合，會在放下和釋懷中得到解脫。

接過史琳遞過來的番茄，是暗綠色的，但咬一口，噴汁，當真是又大又甜。

「我甦醒過後，腦袋一直鈍鈍的，很多事想不清楚，不過還是有察覺到跟在旁邊的死神很怪……」我抹抹嘴角，「剛剛將故事交給芬芬，我就忽然想通了。」

史琳恍若未聞，視線依然延伸至這片田地的盡頭。

「最怪的還不是死神，而是看似少根筋的妳。」

「……」

「敢問是何路神明？」

「……」

「眞的是傳說中的藥神嗎？」

「……」

史琳依舊呆呆望向遠方，不過裝傻這招對我沒用，種種一切絕不是一般人做得出來的反應，用膝蓋想也知道，身邊的女人不會是什麼醫生，一定是處於更高階的存在。

「你昏迷的這段時日，整個世界產生了劇變。」

「知道啊，一醒過來核電廠就裂了，身上就一套病人服，連內褲都沒人替我穿。」

「你不知道，劇變的其實是神的世界。」

「嗄……為什麼？」

「因爲老魏從你的隨身物中發現『故事』。」

「……」

「這故事撼動部分神明千百年來的已知資訊與價值觀。」史琳雙手十指交握，迷惘地說：「確切認知到門的背後有著更奇妙的存在，體會到全新神權的不可思議。」

「全新神權？」

「你不懂故事代表著多大的力量……」

「妳不講我當然不懂。」最討厭賣關子啦。

「相信透過故事你也知道，塵世與神的世界是兩條平行線，神明可以直接觀測以及自由進出塵世……而故事則是證明了第三條平行線存在，正觀測著神的世界。」

「代表更高的位階。」

「天庭就不再是神明之間的推測與傳聞，開始有了具體的形象。」

「那這個天庭到底想做什麼？」

「我沒有打算去猜了……」史琳淡淡地說：「螞蟻是無法猜測人類的想法的，不是嗎？」

「天庭給我的感覺就只是一個怪人而已。我們面對面談話時，他說出了許多的動機，譬如說讓人類知道神明的難處，再譬如說面對來自愛神的挑戰。」

「你平時走在路上，會對螞蟻解釋自己的動機嗎？」

「……」

「不要再猜了，既然他指定了你成爲門童，那我就尊重他賦予你的神權。」

門童？本來還想問這個名詞是什麼意思，可是稍微想了想之後，門童就是受門內的人指示，站在門外工作服務的人，這個稱呼倒是非常貼切。

史琳沒有沉默太久，繼續斷斷續續地訴說著，像是朋友間抒發心情。

「身爲醫生，許多時候患者的性命就掌握在我手上，就如同一條縫線，我可以縫得很密實牢靠，也可以隨便處理，最後傷口崩開了，只要推給病患說是因爲動作太大，輕輕鬆鬆就能夠躲避責任。」

「請不要削減我對醫生的信心……」

「即便是一個簡單的小腿骨折，我也有辦法在神不知鬼不覺的狀況下，讓病患留下後遺症，然後再推給病患說天生骨質較常人疏鬆，所以術後的狀況不佳。」

「這樣我以後不敢看醫生啦。」

「擁有掌控生死的權力，對我而言，太辛苦了……」我當然聽得出來史琳的言外之意，縱使是用無比平淡的口吻。

「逃避不是壞事，我不想寫的時候就直接裝死拖稿啊。」

「神明不行。」

「那該怎麼辦？」

「你想怎麼做？」

「應該問妳才對吧？」

「你不要問我想做什麼，要問自己想做什麼。」

「我就想要知道妳想做什麼？」

「我們在說相聲嗎？」史琳終於忍不住微微地笑了。

我也忍不住問：「爲什麼你們總是要一直、一直問同樣的問題？」

「你想要好的結局，我們不想要悲劇，剛好。」

「看起來老魏是什麼都說了。」

「他不只說了，該做的也都做了。」史琳推了推眼鏡。

我再啃一口番茄，冷笑道：「他爲了自己的業績，連核電廠都敢動，的確是該做的也都做了。」

「老魏的確做錯事，可是沒有私心。」

「做錯事跟沒有私心，本身就是矛盾衝突。」

「……」史琳瞥了我一眼，抿著唇，眼神變得有些複雜，冰冷的臉龐，有了溫度的變化，不著痕跡地跳過剛剛的話題，繼續解釋災難本身，「透過故事以及天庭的判斷，我相信你先前付出的努力的確有效拖延生化病毒的擴散。」

「現在搞成這番田地，沒有比較好吧。」

「有，至少爭取到時間。」

「不對、不對……妳這種說法，豈不是證實病毒還是會蔓延……」

「沒錯，因爲謝律師的女兒必然會死。」史琳說得無比肯定。

我疑心更甚，狐疑地問：「這麼確定？」

「縱使你擁有故事，但對神明的認知還是太少。」史琳親口爲我揭露更多眞相，「死神還有一種能力，就像財神有辦法評斷財格，死神也有辦法預測和評估人的壽命長短。」

「所以呢……」

「有一百零七位死神聯合在一起，進行大規模的人體壽命檢測，根據謝律師的女兒，也就是小雨周圍延伸出去的因果，就其相關牽涉人物來做一對一的觀察。」

「等等……」我的頭開始痛了，看似很複雜，沒想到我竟然讀得懂其中的含義，

「簡單來說，死神模擬過，假如必穩死掉，會對因果有什麼影響……」

「是的，每一個相關人物的壽命我們都有進行試驗。」

「這要怎麼模擬呀？親自去殺人嗎？」

「不必，死神只要對那個人產生眞實的殺意，壽命數字就會開始有變化。」

「原來是這樣，還好還好……」

「經過多方努力實驗，無論怎麼干涉，整個台灣百姓的壽命平均值，還是降低了百分之六十四。」

「……」

「這麼大的因果，居然無法干涉，死神們束手無策。」

「那、那該怎麼辦？」

「有一名財神提出了充滿惡意的假說。」

「阿爺……」

「他提議用災難干涉災難。」

「這神明眞的是神經病啊！」

「死神們很快就發現，讓水泥廠的某位負責人早點死亡，可以引發看似巨大實則對百姓壽命影響較低的災難，老魏親自執行後，幸好全體壽命只降低了百分之八。」

「全體的壽命『只』降低了百分之八？」我的眼皮在抽搐，就算只是一串數字，依然令人難受。

「這多虧了核污染的危害比較長期，會經過五年、十年慢慢發作，未來的科技發展能夠救回更多人。」

「……」

「即便如此，病毒帶來的末日還是會發生。」

「該怎麼辦？不要再反問那句看我要怎麼辦！」我搶先一步。

「那我就無話可說。」

「藥神，妳也該上班了吧？」

「如果等藥神動用神權，就已經是生靈塗炭、無可挽回的悲劇……那種獨特的神權是用來保底，讓人類不至於滅亡。」

史琳說到藥神這兩個字的時候，語氣產生了明顯的波動，而且透露出了許多資訊，我還來不及一一咀嚼，她又低聲呢喃了一段類似諺語的語句

「藥神得到業績……便是死神狂歡後的殘餘，人類大滅絕前的黃昏。」

「……」

「如果你連財神的委託都能夠幫忙，挽回了芬芬生無可戀的心，那你有家人跟朋友，更值得出手相救。」

「這樣說吧，我不是鐵石心腸、見死不救的人，更別說我天生沒有抗體，病毒遲早也會幹掉我，能阻止這場悲劇當然義不容辭。」我的雙手一攤，「問題在於，唯一算是超能力的故事，已經失準沒用了，比起你們，我不過就是個尋常人類，如果小雨的死會引發後續的災難，那你們就應該介入並強制干涉啊。」

「我們不能這樣做。」

「老魏都敢拐著彎去殺人了。」

「所以他已經消逝在是非門之後，接受城隍的制裁。」

「……什麼？」

我愣住了，我們說的應該是同一位神明吧？老魏就是永遠愁眉苦臉，說話都帶有幾分苦味的那個老魏吧？

是那個被我接二連三吐槽也不會生氣的老好人吧？

是那個覺得自己業績太多會很苦惱的死神吧？

就這樣沒了？不會再出現了？

「大家都知道此舉的風險，沒有死神敢輕易嘗試，只有老魏說自己想要退休了，如果可以延遲災厄的爆發，那趁這個機會退休也沒關係。」史琳的眉眼有著苦澀的笑意，「另外你阻止鬼哥、拯救必穩，強力改變因果，實際影響到了旗老，才有辦法製造出這樣的機會，老魏說自己不能辜負你的努力。」

「這傢伙在說什麼鬼！」

「老魏做錯事，但確實沒有私心，以後也不會再犯了。」

「……」

「面對是非門，他很從容。」

「不是啊，不應該是這樣子！」

「不然該是怎樣呢？」

「這是故事上說的，神明都有業績壓力，死神的業績就是須要牽引更多亡魂，所以、所以我誤會……我誤會老魏是很正常的事。」我緊緊咬著牙，整張臉發麻，雙手不斷地搓著，「奇怪的是死神，爲了業績應該要弄死更多人才對啊……」

「你說的沒錯，奇怪的是那一零七位死神，漫長的歲月帶走的人越多，對這個塵世就眷戀得越深，很奇怪，太奇怪了。」史琳說出諷刺的話，卻沒有嘲笑的語氣，更多的是揭開某個傷疤的痛楚。

「……」

「你的想法很正常，奇怪的本來就是老魏。」

這讓我更加難堪。

「妳爲什麼要對我說這些？」

「因爲你想知道。」

「……」

「你不需要太難過，就像你並不會在意一隻蒼蠅沒有禮貌地停在頭上，老魏也是一樣。」

「用這種比喻不會讓我感覺比較好。」

「老魏的犧牲，是他想保全更重要的東西，用這個角度來看，你一樣不用在意。」

史琳眞的很不會安慰人，我整個胸膛還是像被卡車撞到，裡頭的器官紛紛位移，尤其是心臟已經沉到最深、最壓抑的角落，都快要停止跳動了。

她還是一副古井無波的表情。

事到如今，他們對我接近盲目的信任，更像束手無策的選擇……就算是這樣，或許我真的能夠做些什麼？

根據死神的計算與干涉，利用核電廠的事故，成功拖延生化病毒的危機。

就等於說，現實發展又回歸到故事的結尾，小雨必定會死，謝律師會報復整個世界，我所擁有的故事，沒有清楚描述小雨目前的所在地，對於謝律師出現在港口的那一段劇情早就已經過去，也可能根本就不會發生。

故事當中，小雨是老魏親自帶走的，現在老魏沒了，代表還有其他的外力介入。

這個外力是什麼？

我怎麼會知道……

又不是什麼神奇靈媒，可以感知到一切眞相，也不是什麼超級英雄，能夠直接保住小雨一條命。

這都離我太遙遠了。

耳邊忽然傳來了電動車移動的馬達聲響，我抬起頭，眼前出現一輛電動輪椅，上頭坐著長髮女子，髮絲遮住了大部分的臉，一句話都沒說，只是難爲情地輕輕扭動。

根本就不必多想，這尊是窮神，膽小的千屈菜，其他神明都稱之爲小菜。

很意外，她不是故事描述中的貞子形象，更像幽禁不出門的家裡蹲，對陌生的人事物感到特別驚慌，彷彿光是出現在我面前就必須預支使用一年份的勇氣。

「這位是窮神。」史琳遲來的介紹。

「我知道……請問有何貴幹？」我盡量放柔語氣，免得嚇到對方。

嚇到一位窮神會有怎樣的下場著實難以想像，還是小心一點比較安全。

「……」窮神沒有回應。

「窮神表示自己怕生的心情還沒有調適完成，請稍等片刻。」史琳居然幫忙翻譯。

「沒關係，您慢慢來。」

「……」窮神沒有回應。

「窮神表示自己接觸異性難免小鹿亂撞，請再給那頭小鹿喘息的時間。」史琳的翻譯有些奇怪。

窮神扔出不知道從哪裡變出來的小石頭，正中史琳的頭頂。

「門童……」大概是脾氣轉化成了勇氣，窮神慢慢地抬起纖細的手臂，指尖指向掛在圍牆的信箱。

這意思很明確，我趕緊到信箱前，顧不得禮貌問題直接打開，裡頭躺著一封喜帖。

「這是什麼？」

我回過頭問，窮神已經消失不見。

「不清楚，窮神的旨意也不是那麼好猜透。」史琳摘下有裂痕的眼鏡，努力地擦了擦。

我觀視著手中的喜帖、百思不得其解地問：「妳究竟是哪一位神明？」

「我不是神明，我沒有神權。」

「怎麼可能？」

「我只是死神見習，現在繼承了老魏的遺志。」

沒有鏡框阻礙的臉，讓我更清晰地凝視她的雙眸，莫名自信的光澤匯聚在咖啡色的眼珠上，彷彿無論多困難的坎橫在面前，也能輕輕地一躍而過，不起一點塵埃。

□

喜帖重新放回信箱，我們和芬芬沒有道別，就離開了只住一晚的鄉間。

在副駕駛座，我研究螢幕顯示的喜帖相片，開始猜測窮神給出的指令。

「妳知道這是什麼意思嗎？」我低著頭，立刻再說：「妳不知道，我知道。」

喜帖就是一般尋常的喜帖，沒有特別奇特的地方，透過各種角度觀察照片，也沒有發現暗藏的密碼。我小說的確是看得太多，疑神疑鬼的毛病一直改不了。

不過還是有幾處值得注意，結婚的新人是「朱翠杉」與「任傑」，寄件者卻是「朱恆森」。

朱恆森這位仁兄，在窮神的篇章當中，占著相當大的篇幅。

在大學時期執導的電影在國外得了獎，一鳴驚人的他是影視圈的明日之星，可惜性格偏激的緣故，畢業之後正式執掌導演筒，卻連一部完整的作品都沒有，以致路越走越偏，落得一個乏人聞問的下場。

為了取材去跟蹤殺人犯，寫出來的劇本依舊得不到重視，最後經過著名劇作家貓子關心，認知到自己的天分不足，終於大徹大悟地放棄電影……然而，沒想到的是，朱恆森的故事經過改編，過些年拿到電影大獎，爆紅了一陣子。

透過網路搜索，我沒有找到朱恆森後續的消息，不過貓子倒是一直維持著熱度，目前獨立開了一家影視相關的小型公司，獨自製作自己的劇本拍攝，產量的確很低，三年沒有新作上映，不過只要有新片，都是票房與口碑雙收。

「萬甲區在污染範圍內嗎？」災情爆發時，我處在昏迷狀態，很多事沒有概念。

「那個區域沒事。」史琳補充道：「不過在這個時間辦婚宴，算是少見。」

「對……很奇特。」我抓抓頭，「婚宴是三天後，我們先北上去萬甲區，看看貓子那邊可不可以打探到朱恆森的資訊。」

「遵命。」

史琳還真是說到做到，腳踩著油門就上了高速公路，連多問一句都沒有。

總覺得我們正在演一齣公路電影，隨著路途的前進，一定會得到些什麼，也必然會失去些什麼，我不確定究竟會不會有終點，只能說當下並沒有更好的選擇。

目前要拯救生化災難，對我這種人來說難度太高，連謝律師都找不到，而身邊的死神見習，跟一般人沒多大的差別。

我們倆一加一頂多等於二，能救一個就算一個，像芬芬能夠放下長久的執念，已經算是我的功德圓滿……

在車上，我睡著了。

主要是夢見必穩在早餐店工作的模樣，客人很多，生意很好，平鏟敲擊煎台鐵板的聲響，連這麼多人的交談聲都蓋不住，油煙雖然被吸油煙機去掉大半，可還有部分讓他的臉蒙上一層灰，看不清楚那張清秀的臉。

說不上來是開心還是不開心，他在進行一份命中註定的工作，談不上喜歡或不喜歡……時間忽然開始加速了，成家立業，生兒育女，可以感受得到必穩在老化，客人不同，陪伴在身邊的家人不同，連早餐店的店面都經過一次徹底的大翻修。

唯獨必穩依然站在原處，維持一樣的動作，手中的平鏟，放不下。

看不清臉，可我知道他在哭。

那是一種不情願。

我在恆森的故事中發現類似的情緒。

他的結局說不上好或壞，流浪的日子，被翠杉與貓子找到，重新回歸社會，過著正常人的生活，當然本來就遙不可及的導演夢想，這下是徹徹底底地幻滅，恐怕在整個影視圈都找不到位置。

另外好的地方在於負債全數還清，還有重新開始的機會。

同爲創作者，在閱讀他的章節時，得到的感觸最深。我不是屬於很有天分的小說作者，近年寫了不少的作品，成績只能算是一般般，比起他，我比較能夠和市場妥協，因爲我的志氣與堅持一樣小，能夠繼續靠寫作活下去，才是最重要的事。

其實我是很佩服他的，先不論才能高低的問題，光是那股堅持到底的瘋癲、打死不退的決心，令人羨慕，或許這種才能，在某些狀況下會更加珍貴。

經過這些年，他的年紀也不輕了，大概就是過上一般人的生活，找份穩定的工作，平平安安地過下去……吧？

天黑了，我醒來，已經開到了高速公路的休息站，史琳的體力耗盡，須要立刻睡覺，我們吃完晚餐，租了兩個膠囊床位。

尷尬，睡不著了。

就著鵝黃色的燈光，我將故事從頭到尾再閱讀一遍。

□

貓子的公司，小而精美的風格，獨棟四層樓的構造，外觀設計看起來就是出自名家之手，不落俗套的建築，在周圍的鋼鐵叢林中，顯得特別清新脫俗。

猶如來到另一個世界，完全感受不到天下大亂的氣氛，核污染之類的東西會被兩排蒼翠挺拔的路樹吸收似的，連走過的行人步調都特別緩慢，帶著幾分悠悠的愜意。

他們有正門，也有地下停車場，我們直接找警衛詢問，在警衛室吃著甜甜圈的壯碩男子，透過潔淨的制服判斷，確認他就是我們要找的人。

沒有警戒的眼神，我們迎來的是極爲和藹可親的目光。警衛放下甜甜圈，舔掉指尖的糖粉，站起身來，透過窗，禮貌地問：「有什麼事我可以幫忙的？」

「不好意思，打擾了，想要請問一下，朱恆森在這裡工作嗎？」害我也跟著客套起來。

「你說董事長？」

「……是不是還有第二個朱恆森？」

「沒有，董事長通常不會這麼早進公司。」

我抬頭看了一眼掛在警衛室內的鐘，狐疑地問：「已經快要中午了，這正常？」

「正常，董事長嘛，工作時間不固定……不過通常中午的時候就會出現了。」

「好的，謝謝你。」

「你們找他有什麼事？」

「……」這很難解釋，我總不能說是窮神指引我來的，「呃，原因是我收到了他們家的喜帖，又剛好來到這附近，想當面跟他談一些事情。」

原本還想取手機讓他看相片證明，沒想到警衛完全沒有懷疑，開心地說：「是董事長的妹妹結婚，我們大夥都會去，執行長早就宣布當天公司放假。」

「這、這麼誇張？」

「搞藝術的公司，就是隨心所欲，呵呵。」

「說得也是……那我們在外面等他來上班。」

「客人可以進去裡面坐啊，我們有迎賓室，先在那邊喝點咖啡吧。」

就算目前進行得很順利，但我也沒有天眞到認爲自己可以大搖大擺進人家公司，

「沒關係，那我們到處走走逛逛。」

「好的，請隨意。」

說隨意就隨意，警衛跟我們道別以後，重新坐回去吃起甜甜圈了。

強行壓下「用這樣的警衛眞的不會出大問題嗎」的念頭，我與史琳沿著坡道進入地下停車場，打算在這裡直接堵住上班的恆森，或者該尊稱爲董事長。

董事長？

我還以爲這是貓子的公司，沒想到事過境遷，之前是流浪漢的失意導演，現在已

經爬上這個位子，一副上班時間由我自己決定的模樣，還眞令我羨慕。

「可能是窮神已經離開他的關係，現在飛黃騰達。」我眞正想說的是，窮神未免也太恐怖了吧，千萬不要再見面。

「不清楚，我比較瞭解死神的業務。」史琳講得簡單直接。

「妳既然是死神見習，爲什麼還去當醫生？像迎春不是都跟在財神屁股後面嗎？」

「每一位神明的教育方式不同，老魏希望我待在急診室，能夠感受更多的生離死別。」

「他會不會是討厭妳跟在身邊，所以才給這個指示？」

「有可能。」

「……」我無法跟上神明的思維模式，把話題再度拉回來，「能理解窮神的性格比較溫柔，會掛念恆森未來的發展，不過人家現在都當到董事長了，大概沒有任何遺憾吧。」

「不清楚。」

「窮神指引我們來這，眞讓人摸不著頭緒，還不如給我一個明確的開示，看能不能阻止病毒的爆發……」我無奈地攤手。

「那是一零七位死神自願承擔的問題，跟窮神無關。」史琳就這句打發我。

很有道理，一個世界的毀滅在邏輯上對另一個世界而言其影響力還不如一道清風吹撫，大部分的神明不會在意。

趁等待的時間，我開始認眞思索故事與現實之間是否有著尙未察覺的破口……

「假設，生化戰劑是北韓製作的武器，那一定會有解藥對吧？」

「是，這樣才有辦法防止外洩的意外。」

「如果我們把這件事公開，或者通知政府高層，趕緊去跟北韓拿解藥，即便未來病毒擴散，也能夠將傷害壓到最低啊。」我緊接著說：「趕緊使用死神的神權，預測一下大家的壽命是否有影響？」

「沒辦法，我只是實習生，沒有神權。」

「對，是我忘了……不過我說的這個辦法直截了當，這麼大的事情就要交給上面的大人來處理。」

「沒有用，你沒有證據，不管從什麼管道上報，都會被謝律師擋住……說不定根本就不用擋，直接把你當成瘋子。」

「解藥就在北韓手上，一定有什麼方法可以……」

「解藥不在北韓手上，病毒也不是北韓做的。」史琳忽然扔出這一句。

我翻著白眼說：「就在剛剛又分裂出了一個新的平行時空是不是？」

「北韓打死都不會承認手上有解藥。」

「……」

「如果承認了，就代表病毒來自北韓。」

「這、這是什麼神權？」

「這是基本常識。」

可惡，我必須承認，她這次的吐槽簡潔有力，而且說得無比正確，是我想的太過簡單，小人物想向上通報，怕是找不到一個管道。

非常挫折，就好像帶上所有武器跟裝備的士兵，雄赳赳氣昂昂地抵達戰場，準備大展拳腳，改變國家的命運之際，卻被狙擊手從一公里外爆頭身亡。

好不容易抓到一根漂浮木，結果手一抓上去便一起沉沒……

史琳不會理解我心中的埋怨，提醒道：「有車來了。」

沒錯，有車來了，低沉的引擎聲，在密閉的地下停車場逐漸放大，害我的耳膜隱隱作疼，輪胎在PU材質的地面，刮出更刺耳的噪音，宛若被一把銼刀割著耳廓。

車就停在我們前方的空車位，只有兩個門，價格必定很嚇人，原本我還對董事長的身分有所懷疑，看到這輛車也只能承認，恆森混得比我想像中還好。

恆森提著一杯包裝精美的高檔咖啡，下車的姿態顯得特別瀟灑，頭髮半白看得出有年紀，可臉上的神采與高昂的氣勢都不顯老態，身上的西裝肯定也是知名精品，襯托出一股上流人士的味道。

我體內的自卑感都快發作，躊躇著不知道該怎麼上前招呼，沒想到史琳已經搶先一步。

「先生請留步。」

「嗯？是找我嗎？」

史琳用手肘撞我的腰，暗示須要瞎掰的工作來了。

我硬著頭皮道：「你好，請問是朱先生嗎？」

「對，是我，請問你們是哪家公司的？」

「不是，我是翠杉的侄子。」我越來越會鬼扯。

「原來是這樣啊，你好你好，怎麼有空過來？」恆森立刻變得更加親切，「那這一位是？」

「他的未婚妻。」史琳也越來越會鬼扯。

「恭喜兩位，最近眞是喜上加喜。」他照單全收，完全接受了。

太好騙的人我反而不好騙，不過事到如今，頭洗了一半，我仍然強忍著心虛繼續說：「有沒有時間可以跟我們聊一下？」

「現在嗎？」

「現在當然是最好。」

「稍等，我查個工作時程。」

恆森從西裝外套的口袋取出手機，低著頭，仔細地觀視著螢幕上顯示的數字，努力爲我們擠出一點時間的樣子，著實是非常辛苦。

「董事長！」電梯方向出現一道人影，大聲呼喚：「會議要開始了，趕緊上來。」

「喔喔好。」恆森給我一個充滿歉意的笑容，遞過來一張名片，「這是我的聯絡方式，等下班，直接約在我家。」

「沒關係、沒關係，你先忙。」我點頭示意。

「快點啦，董事長！導演等等又要發火。」電梯那頭的人繼續喊。

「……」

「馬上就來，先幫我跟導演說聲抱歉啦。」

「導演指定的咖啡你買了吧？現在沒有咖啡因壓住，他的情緒快炸開了。」

「放心，在我手上。」

「等等導演罵人全部都是你的責任哦。」

「沒問題，算在我頭上。」

「媽的，你還笑得出來啊！」

「哈哈，抱歉抱歉。」

恆森一邊哈哈大笑、一邊小跑步前往電梯，剛剛累積的董事長形象，就在這短短的幾秒鐘內摧毀殆盡。我與史琳交換一個眼神，都搞不清楚狀況。

無言以對，我手持著名片，史琳瞇起了雙眼，我們就站在車道中央，像是新擺的人形立牌，地下室特有的一陣冷風吹過，根本就是喜劇動漫才會出現的滑稽特效。

吃完甜甜圈的警衛恰好帶著一袋垃圾路過，看起來是要去丟……

我連忙喊道：「警衛大哥，不好意思，請問一下，你們、你們家的董事長是怎麼回事？」

「董事長就是董事長啊。」

「不是，這董事長看起來就不像董事長呀。」

「……等等，我以爲你知道董事長是怎麼回事，是自己熟悉的人，所以才放你們進來欸。」警衛終於想起自己的工作職責。

「我們馬上就要離開了，只是想知道董事長是什麼狀況。」我急忙解釋。

「我們公司沒有董事長的職位，最高就是執行長。」

「你們明明就叫他董事長？」

「就是在嘲諷他啊，聽得出來吧。」

「嗄？」我陷入一團混亂當中，無法相信人設可以崩壞得如此快，「不對呀，那他的車子、衣服？」

「喔喔，跑車是他昨晚下班替導演牽去保養，衣服是公司發的制式服裝。」

「……他到底是什麼職務？」

「呃，算是助理或接待。」警衛以一種分享八卦的嘲弄口吻，頗有興致地介紹恆森的狀況。

公司常駐著兩到三個劇組確保能穩定產出作品，會依照案子的數量，機動性地分、合成兩或三組，有特殊情勢需要第四組的話，就會從外委託導演與工作人員成立新的劇組。

貓子看上的導演皆是有才能的專家，脾氣往往很難以捉摸，對公司又不熟悉的狀況下，便需要一道橋梁應付一切需求，這種貼身服務隨傳隨到的屎缺，落在了恆森的頭上。

有傳聞，恆森與貓子是夫妻關係，所以沒用的中年大叔才能在這麼優秀的公司有了一席之地，後果就是被冠上一個聽起來名譽，實際是在羞辱人的外號，董事長的意思就是執行長之上的男人，其中的暗示不言而喻。

警衛嘻嘻哈哈地走了，拎著一袋垃圾甩呀甩，將別人的人生當成笑話在聊，還得意洋洋地掛著笑容。

「難怪窮神會耿耿於懷……」我歎氣。

「現在怎麼辦？」

「等他下班，看能不能去他家坐坐，深入瞭解瞭解。」

□

恆森的家，是違章建築屋頂加蓋，連個門牌號碼都沒有。

見他穿著這麼高檔的西裝，踩著破爛的淑女車，菜籃子擺著一袋蔬果，像是剛剛去黃昏市場搶回來的特價商品，這巨大的反差感，不知道該如何描述。

通過電話聯絡，他給我一串奇特的地址，某某路某某號某樓之上，這個古怪的之上兩個字，是我走進去他家後，才明白原來就是人家公寓屋頂加蓋的一個小鐵皮屋，不合法，當然沒有地址。

然而，小鐵皮屋內，卻讓我意外，非常乾淨而且舒適，沒有什麼高級的裝潢或昂貴的擺設，大多都是電影海報，還有層層疊疊的ＤＶＤ，本質上都跟電影有關，展現出雅致的痴情，表現出屋主的風情。

空間不大，客廳、房間、餐廳三位一體，還有一間獨立的廁所，算是補上了住家的底線。

最糟的缺點以及最匱乏的那一塊，就是屋頂跟牆壁有些坑坑疤疤，估計雨天和露水是躲不掉，冬天時冷風從細縫吹進來的殘酷也是必然發生。

「來來來，別客氣，一起吃。」恆森招呼我們坐下，「來嚐嚐我特製的田園蔬菜鍋。」

我不禁開始懷疑，田園蔬菜鍋的另一個意思是不是很抱歉買不起肉？

「現代人是大魚大肉吃太多，身體負擔過重，我們多吃蔬菜才健康。」他還特地解釋。

那就肯定是我想的那樣沒錯。

碗都還是空的，又有人開門進來。

來的是一名中年婦女，將運動外套熟悉地掛在衣架上，再把手中紙袋交給恆森。

「有朋友來的話要好好招待。」她親切地向我們招呼，去廁所洗臉、洗手之後，就逕自窩到一個很舒適的牆角，一屁股陷入懶骨頭沙發，用起了平板電腦，「大家都要吃飽飽哦。」

「妳不吃啊？」恆森問。

「還有工作，我先忙一會，幫我留一碗就好。」

「OK。」恆森開始朝火鍋加料，「既然金主都說只要留一碗就好，那我們當然要努力吃了。」

沒想到田園蔬菜鍋加進了A5和牛、明蝦、帝王蟹腳，鮑魚和干貝，頓時就成了高普林值一點都不健康但是吃起來很爽的鍋。

謝謝招待。

「今天讓你們等這麼久，眞不好意思，但是我有很多話想說，直接讓你們離開的話太遺憾了。」恆森說話倒是不拐彎抹角。

「請說。」

「就是……我妹妹跟芬芬之前大吵一架，不知道現在狀況怎樣，你們那邊有聽說嗎？」

「……」我沉默不語。

「她們情同姊妹啊，對我妹而言，芬芬比我還重要，沒想到吵過一架，居然連結婚喜帖都不發了。」

「難怪寄件者是你……」

「我就看不下去嘛，是有什麼深仇大恨不能解決？大家出來見一見、哭一哭、抱一抱，一樣都是好姊妹。」

「我也希望如此，畢竟熟識這麼多年。」

「唉，那這次芬芬願意參加喜宴嗎？」

「不確定……我此行主要也是想詢問你看看，是否有促進和解的辦法。」

「頭痛……」恆森挾一顆鮑魚進我的碗，苦惱地說：「我妹這年紀才結婚，一直是很大的遺憾，芬芬沒擔任伴娘就已經是很傷感的事，如果連人都沒出現，那我無法接受。」

婚宴其實不是我要關注的重點，重點還是在窮神的委託及恆森目前遭遇的狀況。

「我聽大家都叫你董事長……有點擔心你抽不出時間，來處理這件事情。」我的裝傻，就是最好的武器，「領導一間公司，想必平時很忙碌吧？」

「沒有、沒有，你看我住在這個鳥地方，就知道董事長不過是大家開的玩笑。」恆森端著碗，嘴巴嚼著胡蘿蔔，「我明天會請假，一邊準備給妹妹的婚禮禮物，一邊與你們商討辦法。」

「直接包紅包啦……」角落傳來了深深哀怨。

「我妹夫那邊很有錢比不了了。」恆森立刻拒絕，「他們夫妻也不缺這一點。」

「你的故事，我一直有聽說……以前有一部很紅的電影，用你的故事改編拍攝，得到很多票房分潤。」

「芬芬要講故事怎麼又不講完整啊。」他灑脫地笑道：「其實這電影跟我一點關係都沒有，劇本不是我，演員不是我，導演不是我，出錢的不是我，哪有資格拿什麼分潤。」

角落又傳來聲音，不開心地說：「電影明明就發想自你的筆記本……」

「就那些鬼畫符算是什麼發想？」

「分潤有給，是你拿了沒多久就轉給翠杉。」

「那是她應得的。」

「我知道，問題是你……」

「知道就好。」恆森揮揮手打斷，繼續清除碗中的和牛。

原來是他主動放棄這麼大一筆橫財，至於放棄的原因，目前沒有頭緒。不過憑良心講，角色互換的話，我會先把錢拿去還債，然後過著隨心所欲的生活，絕對不會住在這種冬冷夏熱、朝不保夕的違法鐵皮屋。

會有什麼特別的原因嗎？

我刻意追問道：「不過，你目前的工作常常被罵的樣子，壓力看起來好大。」

「今天是誰罵你？」果然牆角又發話了。

「那個……我今天買了咖啡，比較晚到一些。」

恆森不斷朝我使眼色，就是要我別再提了，我恰好低下頭喝著清甜的湯，當作沒有看見，不好意思默契不佳。

「那也是爲了買他的咖啡啊，你是代表公司的窗口，不是他的個人奴僕。」

「他很有才能。」

「這句話眞是耳朵都要聽爛了。」牆角的女人感覺積怨許久，「明天就去辭職，不要一直被白白糟蹋。」

「拜託，辛辛苦苦面試得來的職位幹嘛要放棄，何況薪水還不錯。」

「眞受不了，你總是在奇奇怪怪地方偏執，爛個性。」

「啊妳就喜歡呀。」

「……」

大叔了不起，就用了這一句，直接把女人的不滿頂回去，再順便把我的雙眼都閃瞎了。

「當初說讓你當我的特助，你不要，再來給你一個製片的位子，你不要。本以爲你放棄影視這條路，結果又偷偷摸摸來應徵我們的行政助理。我說給你加薪不要領新人底薪，你也不要，最後挑了這個爛缺，這本來就是要給小朋友磨練的，你卻給我在會議中舉手接下來做。」

「我適合。」

「你就是要氣死我吧。」

等等，先不要管目前正在上演的夫妻吵架戲碼……

現在窩在牆角的女人，就是那個貓子嗎？就是那個得獎無數的劇作家？就是那家影視公司的眞正老闆？

住在這？

恆森非常努力地哄著已經發火的女人，勸道：「這導演的實力遠不只於此，再一段時間就會看到成果。」

「明天我就找人資把你給開除掉。」

「欸，這種違法行徑，我要去檢舉。」

「住在這種違建的人還想檢舉什麼？」貓子重重地將平板電腦扔在棉被上，「沒關係，歡迎來告。」

「眞是慣老闆欸。」恆森看起來沒輒了。

「另外一個選擇就是，你明天搬到我那去住，這種爛屋趕快去退一退。」

「明明住起來就很舒適。」

「你對舒適的定義明顯跟正常人不一樣。」

「這一切全部都是憑我自己努力得來的，住起來特別心安理得。」

「還敢跟我分你我？」貓子的語調明顯高了三度。

我必須收回剛剛覺得他很會說話的讚美，開始猶豫自己是不是應該以客人的身分跳出來打圓場，畢竟身邊的史琳即將吃完第四碗，就算生化武器即刻爆發也不能影響她吃第五碗的進度。

「好啦，別生氣，明天請妳吃那碗神奇的麵。」恆森打個哈哈想混過去。

「眞搞不懂你們兄妹到底在玩什麼把戲。」貓子撐著額頭。

我也搞不懂。

□

昨夜，我與史琳在旅舍談了很多，主要是討論恆森的狀況。

她提出一種假設，恆森其實是習慣性地自暴自棄，也能說是一種常態性的自我放逐，類似這樣的問題常見於流鶯與流浪漢，他們逃避任何的外在壓力，不對人生設定目標，走一步算一步，強調得過且過的精神。

沒有夢想就不會失去夢想，人只要能活著就好。的確很像他目前的心態，不願意得到更多，自然就不必揹負更多，不管其他人對自己的觀感，盡量降低其他人對自己的期待，所有的外在壓力，都能夠用一句「我沒有才能」帶過，一個天下無敵的藉口。

可能是當時窮神的失誤，導致他在街頭流浪了一段很長的時間，認為現在有吃、有喝、有房、有妻，人生就已經圓滿，其餘的野心與需求，通通被消磨殆盡，成了一個普通人。

比起故事當中，爲了拍攝出最棒的作品，貫徹自我奉獻的意志，成就了不可一世的新星導演……相較起來的確是差距太大，根本已經是兩個截然不同的人。

伴侶昨天大發脾氣，妹妹明天大喜之日，工作上也絕對不算是順利，結果今天一早他選擇上街買菜，毋庸置疑的鴕鳥心態，估計就如史琳的推測，標準的消極逃避。

就我自己的角度來看，除了名字外，恆森跟故事的描述找不到一丁點相似之處。

也難怪窮神耿耿於懷，大概還是很自責吧。

「你有跟未婚妻吵過架嗎？」恆森聞著一顆蘋果的味道。

「我哪來的未……」我忽然想到史琳新加入的人設，連忙改口道：「我哪來的勇氣跟她吵架。」

「哈哈哈，這樣很好。」

「一點都不好吧？」

「偶爾吵吵架也是一種夫妻情趣，別錯過哦。」

「看起來不像啊。」我指的當然是昨晚的事。

恆森對我笑笑，沒再多做解釋，一邊沿著市場的動線前進，挑選著想要的蔬果，一邊跟我談論芬芬的近況以及摯友吵架的原因。

所幸這部分我還算瞭解，他如果只問一些他們三人的過往，那我這個假侄子立刻就會被拆穿，後面要套的話恐怕就沒有機會了。

「原來是這樣……芬芬對於神明的痴迷，我的確常常聽妹妹抱怨，基本上只要約出來見面，總是會聽她說最近又買了什麼神像、在黑市又購入了什麼祕笈。」他深深地嘆口氣，「可惜我不敢當面說她迷信，成爲點醒她的那個人。」

「會有機會的，她一定會清醒過來。」

「沒想到，我妹眞的切得下手……下次對她說話得客氣一點。」

「我也很難想像，看著別人把自己的手指頭活生生切下來是什麼感覺。」

「這必須要對彼此絕對信任吧。」

恆森明白地指出重點，這樣的友情說要斷就斷，很難。

我趁這個機會將話題拉回想要的方向。

「信任這種事情，很難說出一個明確的標準，像你與太座價值觀應該也不是全部相同，就我聽見的，其實每個人都認可你的能力，你卻認爲自己沒有才能，這會不會也是一種信任上的辜負呢？」

「不對。」

「是哪個部分？」

「我不認爲自己沒有才能。」

「……」

我的腦袋轉不過來，頓時不知該如何接話。

恆森拿起一顆特價的蘋果，蘋果擺在促銷的方格中，外觀看起來比較糟糕，不夠鮮紅就算了，還有點點黑斑，看起來就不是很好吃。

「攤販並不會覺得這樣的蘋果就是不好的，一顆一千塊的蘋果是蘋果，一顆十塊的蘋果也是蘋果，關鍵在於有沒有擺對位置，十塊錢的蘋果擺在百貨公司販售的高級禮盒中，當然賣不出去，可是放在這裡，我願意購買。」

我跟隨著他的動作，拿起一顆，如果夠便宜的話，的確不是不能吃……

「我沒有當導演的才能，不代表沒有其他的才能。」恆森裝了一袋跟老闆結帳，「其實確定自己的才能，找到適合自己的位置，是一件很不容易的事。花這麼多年的時光，走過這麼多的歪路，終於有了著落，我一直以來都很珍惜。」

我將手中的蘋果放回去它該在的位置，無法判斷他說的是真心，還是另外一種包裝得更好的漂亮話。

「喜歡電影，不是只能當導演、當編劇、當製作人，我覺得買張票去電影院看戲，回家寫一篇影評，也是喜歡電影的一種展現。人的才能有高有低沒錯，但是沒有限制才能該長什麼樣子。」

奇怪。

我居然有些許動搖……

「但是你原本擁有一筆財富，能夠發揮、展現自己的才能，有錢就擁有更多的可能性，這點總不能否認吧。」我得堅定意志。

「不能。」

「那你刻意放棄，難怪被罵了。」

恆森搔搔頭，又露出那種老實卻飽有深意的微笑道：「這是因爲……相信芬芬也對你說過，我過往是個很混帳的人，外頭有一堆負債，都是靠家裡才勉強支撐，現在連本帶利還給他們很正常。」

「我聽說這金額差距很大……」

「嘖，你這小鬼怎麼知道這麼多？」

「我就喜歡打探各種消息，呵呵。」

「我的才能不需要錢，只要公司持續營運，就能放開手腳展現。」恆森此刻是眞的充滿驕傲之情，「我不靠任何關係，一個人去面試，在比我小一、二十歲的考官面前得到眞正的認可，你都不知道那種開心，是能夠直接衝上馬路大吼大叫的程度。」

「……」

「我是從最底層開始慢慢做起，當我終於可以進入會議室跟執行長一起開會的時候……哈哈哈，你都不知道我太太當時的表情有多精采。」

「……您這興趣還挺古怪的。」

「腳踏實地，說起來很簡單，但當你一步一步走上去，一層一層見識到的光景會格外美麗。」恆森拍拍我的肩，「將來你如果有機會走這一趟，也會認同我說的。」

怎麼辦？我無法反駁。

□

可能是災情導致百業蕭條的關係，感覺起來飯店特別珍惜這場婚宴，搞得有夠盛大，彷彿某位大明星的世紀婚禮直接搬過來這，一整條紅地毯、三小隊的迎賓招待、六十六桌限定人數的入場名額、五百二十顆紅白色氣球，其餘林林總總的擺飾以及花卉，整合成四個字，就是「有夠浮誇」。

拍照背景板是用一顆金色的愛心，老實說有點俗氣，不過目前看到的客人感覺都很滿意，也許是我的錯覺……賓客似乎都帶有一種獨特的氣質，應該說是江湖味嗎？也沒有那麼草莽，不知該如何精確地形容。

禮金桌就眞的很離譜了，三張長桌連在一塊，總共十個人負責，還有兩台點鈔機，以及租借來的保險箱，我在想爲什麼不乾脆連保全人員都請一請，還是這個場子有自信，沒有人敢動手動腳？

恆森帶我直接穿過走道，畢竟我們包不出一個像樣的紅包。進入宴會廳，客人已經來了大半，還有部分在陸續就座。

我都不必進去廚房，就知道今天飯店準備的餐點絕對令人驚豔，恆森還帶著大包小包食物，可能是某一條腦神經又錯亂。

身分是新娘的親哥哥，在這場喜宴扮演著重要的角色，沒想到他東張西望，不乖乖去專屬的座位坐好等開飯，害我跟在後頭也頗尷尬。

按台灣風俗，婚宴的飯桌排序是有講究，最關鍵的主桌會坐新人與雙親、爺爺奶奶以及重要的貴客，譬如說是證婚人。

在主桌之後的排序，就是依親疏來羅列，恆森與貓子可以坐在主桌旁的次桌，另外史琳已經坐在最邊陲的座位等吃飯。

貓子站起來對我們招手，但恆森僅是揮手安撫，沒有要過去坐的意思，扭過頭來對我說……

「芬芬會來吧？」

「嗯嗯。」我只能這樣說，否則沒辦法繼續留下來。

「婚宴即將開始，等等我妹有各種儀式要跑，還得去每桌一一敬酒，現場一堆客人跟服務生亂七八糟的，我怕芬芬會找不到路，所以你負責盯著門口，只要她出現，就直接帶到新娘休息室。」

「好是好，不過你現在打算做什麼？」

「我要去廚房借個瓦斯爐。」

「……人家飯店會借你嗎？」

「會，因爲我是新娘的哥哥。」

他理所當然的語氣，當眞令我啞口無言。

沒辦法，要演戲就得演到底，我杵在宴會廳與出入口之間的走道，背靠在牆面，以一個獨特的角度觀察著場內的活動。

混亂當中隱含著秩序，負責婚宴記錄的攝影師，還拆成兩隊人馬，一隊盯著新人、一隊拍著各路的來賓。

席間數十名的招待來回穿梭，開始在每張桌面擺上前菜，落落大方的司儀站在舞台上，插科打諢的功力十足，搭配浪漫的背景音樂，甜而輕快的節奏，慢慢有了祝福與同樂的氛圍。

傳統的儀式有很多，看得出來新娘很忙碌，桌上的飯菜根本沒有時間吃，新郎是個相對海派的人，拎著威士忌，跟親朋好友一杯接著一杯，最後被拱上台說話。

我離舞台最遠，看不太清楚新郎的長相，不過現場的環繞喇叭讓我能清楚聽見他亢奮又帶點醉意的爽朗說話聲。

「小弟今天很高興，實在是有太多太多太多的話想說，媽的，你們一邊吃一邊聽我講好不好？不管你們同不同意，我都要講啦哈哈哈！」

新郎不是一點醉意而已，是已經徹底醉了。

「在場大部分都是我的同事或者兄弟，相信大家都知道，小弟以前就是個癟三、混混，在青峰堂當個組長，成天打架、尋仇、討債，以為自己是什麼大人物，等到堂口被掃之後，我被送進急診室，才明白人生只有一次，沒有了就沒有了。」

「有意思了，他在故事出現過。」我喃喃自語。

「當時我老婆是護士，大舅子是我討債的對象，所以之前就認識，她一面幫我換藥、一面痛罵我是不長進的垃圾，從此我就愛上了這個女人，發誓非她不娶，這輩子做牛做馬也要成為她的人。」

台下歡笑成一團，乾杯祝賀之聲不絕於耳。

「金盆洗手後，我這種沒有一技之長還有前科的人，根本就找不到工作，去工地打打零工，日領的薪水就當天買酒花掉，醉倒在路邊，被人送去急診室，偷偷盼望著能再見到她一面。」

還滿浪漫的，坦白說，雖然是很糟糕的示範。

「老婆天資聰穎，當然懂我在搞什麼花招，她很嚴肅地勸，說只要我能找到一個正當而且穩定的工作，就能夠跟她一起出去玩一次。靠北，小弟一聽當然是發了瘋去找，不過天生的條件太差，不管應徵什麼工作都失敗，連清潔隊也要求良民證。」

這眞是一個浪子回頭的好故事，偷偷記下來，說不定以後可以用到。

「要不是後來透過兄弟的介紹，進了現在的公司，靠董事長的賞識，混到一個小小的主任，今天我是無論如何都不敢跟老婆求婚，在當時那是連想都不敢想，婚禮會搞出這麼大的場面。」

一個人站起來鼓掌，陸陸續續站起來拍手的人越來越多，我也跟著拍了幾下。

「今天大家這麼給小弟面子，小弟未來也會一一報答，尤其是董事長……這個、這個恩情，下輩子做牛做馬也會還給您……幹，我現在也不知道該怎麼說，快哭出來了，馬的。」

話還沒說完，就被兩位伴郎給拖下台，估計直接灌到醉死為止。

這時候新娘跟新秘一起進去新娘休息室，緊接著我看到鬼鬼祟祟的恆森，端著不知道什麼東西也跟著進去，心中的警報聲隨即大作，我一直以來暗暗擔心的事，有可能要發生了。

先前我跟史琳有討論到相對剝奪感的問題，這也是我們一致認為窮神之所以憂慮的原因，恆森從雲端跌到谷底，是靠翠杉不離不棄地守護，而今日起妹妹嫁出去了，未來會以新的家庭為重，哥哥不過是娘家人。

恆森甚至不會明確認知到這點，可是潛意識內的不情願有可能透過搞怪或破壞的行徑爆發出來……對，我說的就是那碗麵。

顧不得這麼多了，我直接跟進去新娘休息室，途中瘋狂給史琳使眼色，她才遺憾地放下手中的草蝦加快腳步跟上來。

新娘休息室是給遭到婚禮折磨的新娘一個休息的地方，我不過是看了一會，就知道翠杉根本就沒有好好坐下來吃過一口飯，光是客人的招呼與敬酒，還有定時的更換禮服，就已經耗盡所有時間。

我和史琳跟在恆森的屁股後面進去，新娘休息室已經塞了不少人，二位伴娘、兩位新娘秘書，以及五位女性親友，估計是工作上的同事，總之，翠杉獨自坐在梳妝檯前，一整個就是筋疲力盡的模樣，其餘的人聊成一團，反而將今天的女主角冷落。

「來來來吃點東西。」恆森端著一碗熱騰騰的麵，就擺在梳妝檯上。

翠杉疲憊到甚至沒發現我的存在，無力地說：「這比連續值班十八個小時還累，哪有胃口啊。」

「什麼都不要管，喝一口湯就對了。」

「不要，我連吞咽都覺得很累。」

「聽我的啦，就一口。」

「今天是我的大喜之日，難道還不能任性一次？」

「在這一碗麵前，還眞的不行。」

我尚在思考要怎麼合情合理阻止翠杉吃這碗麵，對恆森無條件信任的翠杉已經拿起湯匙舀了一口就往嘴巴送……

對於翠杉，其實故事的描述與現實相距不遠，只不過那種常年在急診室第一線面對生死所淬鍊出來的剛毅氣質，無論用怎樣的文字描寫，終究還是差了一口氣。對於生命都必須果斷的性格，不可能爲了一碗麵拖拖拉拉，我原本想大喊一聲湯裡有蟑螂，卻硬生生地吞了回去。

「這個是？」她掩嘴驚呼，立刻又再喝一口。

「知道厲害了吧？」恆森得意洋洋。

我有點搞不清楚狀況了，翠杉此刻的驚喜表情，完全不像是在演戲……別跟我說那碗麵的好吃程度，可以勝過五星級飯店所聘請的得獎大廚辛辛苦苦烹調端上桌的菜色，不可能，這絕對不可能。

翠杉嚼著滿口的麵，欣喜地問：「到底哪裡買的？」

「祕密，以後一碗賣妳五千塊。」

「朱恆森，再給我裝模作樣，等等這個空碗就塞進你的嘴裡。」

「今天大喜之日，妳這個脾氣不打算改一改嗎？」

「街口的麵攤阿姨過世這麼多年，誰有辦法傳承她的廚藝？是她兒子嗎？可是以前我們問過了，她兒子對廚藝沒興趣，現在是工程師啊。」翠杉的嘴巴雖還在咀嚼，然而連珠炮的問題沒有停歇，估計也是職場上訓練出來的。

「她兒子是不懂煮麵，可是知道母親是用什麼材料。」

「我們之前早就試做過，這麵的食材其實不複雜，但煮出來的味道就是不對。」

「同樣材料，不同品牌、不同來源，味道都有些許差距，這些些許加在一塊，就會變成巨大的差距。」恆森侃侃而談，「阿姨的兒子當然不會注意這些，但多虧他有將母親生前的許多資料留下來，我找到很多進貨單跟廠商的聯絡電話。」

「嗯嗯嗯，你繼續說。」翠杉繼續吃。

「最後阿姨的兒子提到，母親常常去找水果攤收剩下的過熟蘋果來煮湯，所以湯中最不可思議的甘甜味，也被我找到了原因，從此之後，無名陽春麵再現人間！」

「我以後要吃這個麵，隨時都可以對吧？」

「呃……」

「不管你的狗嘴想說什麼……反正謝謝了。」翠杉側過頭去，動作十分不自然，「以後我想吃的時候，就會直接去找你，嫂子不會跟我計較。」

「怎樣，妳是特別感動是不是？」察覺到妹妹表情不對，恆森嬉皮笑臉的，看起來十分欠揍。

「放屁。」

「有沒有回想起國小的時候，牽著哥哥的大手，一起去吃麵的路上，還說班上的男生都智障，長大要嫁給我？再來是國中發育期的時候，特別會吃，吃麵不夠，還得加兩道小菜，差點把我吃到破產……最後是去讀護校，只要是受到挫折或是被學姊欺負，就要我拎著麵去見妳。」

把新娘的料都爆得差不多，恆森已經擺起防禦姿勢，準備迎接妹妹的報復。然而，沒有，翠杉還是維持側過頭的姿勢……

正當他的防禦漸漸鬆懈，雙手放下來之際，她立刻做出反應，顯然剛剛的姿態全是假動作……嗎？不對，出乎眾人預料，翠杉緊緊地抱住恆森，輕輕地說了聲謝謝。

恆森的眼淚，就這樣流下來——

這一瞬間，我似乎參透了什麼……

在場的其他女人，估計不清楚他們兄妹之間的故事，然而，這樣了的情緒會傳染，開始有人擦拭眼淚。

「我要找朱恆森！」新娘休息室外有人敲門，「他在這裡對吧？人在裡面吧？」

「喂，你又在外面欠錢是不是？」翠杉對討債集團可能有創傷症後群，語調立刻高了八度，剛剛還在抱抱，現在已經在捏耳朵。

「不是啊！」恆森逃出魔爪，眼淚快速地擦掉，還來不及解釋。

敲門的人已經闖了進來，急呼呼地抓著恆森的手，著急道：「你現在跟我走一趟，馬上！」

「等等，今天我妹妹結婚……」

「不管誰結婚都沒有比我的事更重要，上次我們討論到凌晨三點半的那個鏡頭，後來融合了你給我的幾點建議，靈機一動，總算是想到要怎麼處理。」

「哇靠，分鏡畫出來了嗎？」

「畫出來了，就在我車上，所以我才急匆匆地打電話進公司要找劇組的人，結果沒有人回應。」

「因爲我家今天辦喜事啊。」

「這個作品，絕對能在觀眾的心中留下很重要的東西，我不是會吹牛的人，不會說能夠賺多少錢、不會說能得多少獎，但是你懂我，你一定懂我在說什麼，這個瞬間、這個感覺錯過了，有可能就找不回來了！」

「好，導演先別急，我們找兩個空位，一邊吃一邊談，這飯店的菜色超棒，你會喜歡。」

「你媽的，現在還跟我講什麼菜色？我已經二十個小時沒吃過東西，就爲了這一幕連睡都沒睡過。」

「導演，這是我妹大喜之日。」

「朱恆森，這是電影！」

導演抖著肥胖的身軀，沒有要退讓的意思，完全不在乎現在的氣氛有多尷尬，就像身體四周有個無形的氣牆，沉浸在自己獨特的世界當中。

恆森一張臉展現出許多變化，先前跟妹妹獻寶的那種臭屁，還有將妹妹嫁出去的那種悲傷，現在全部都沒了，臉部的表情是爲難、進退失據、心慌意亂，可是沒來由地，我總覺得他的瞳孔散發著興奮的光彩……

我的感覺正確，因爲翠杉也捕捉到了。

「去吧，看在這碗麵的份上。」

「眞的嗎……」

「再多問一句我就反悔。」

「謝啦，妹妹。」

恆森開心得像個孩子似的，翠杉也跟著笑了起來。

我明白了。

徹頭徹尾懂了。

「……原來如此。」我不自覺地說。

史琳敲敲我的手，提醒道：「人都走了，不追嗎？」

「不用追。」

「窮神的指示怎麼辦？」

「窮神根本沒有指示……」

我拉起史琳就往新娘休息室外走，免得令其他人起疑。我們窩在走廊的一角，整理一些想法與猜測，不斷交換意見之後，對於恆森的評估就越踏實，他的狀況跟芬芬是兩個極端。

「是我們對成功的既定印象影響了判斷，對於才能的錯誤印象讓我們誤解恆森。」

「誤解？」

「他沒有在逞強，不是嘴硬，更非鴕鳥心態，而是他遭遇到無數的挫折，浪費了部分的青春，最終找到適合自己的定位。」

「這麼簡單？」

「能夠無視旁人的眼光，做回眞正的自己……一點都不簡單啊。」

我的心情是很複雜的，畢竟嘴巴上面說著「本心」、「看開」、「不在乎」，實際上能做到的又有多少人？大部分都是為自己的失敗找的藉口，像恆森這樣真的找回自己，在適合的位置上最大化發揮才能，根本是可遇不可求。

老實說，我有點羨慕。

他跟導演一起肩並肩走出新娘化妝室時的神情，是我一生都無法複製的自信與成就感。

恆森明確地知道自己正在被依賴，這部電影沒有自己出力必定拍不出來。

「過去的種種，他早就已經放下了。」

史琳可能還是無法理解，傻傻地問：「那窮神的旨意到底是？」

「沒放下的，其實是窮神。」

□

其實按照故事寫作的邏輯來說，婚宴這一幕過去就代表著結局，身為主角的我該做的都做了，翠杉與恆森的人物劇情線也得到圓滿，差不多可以寫下「全篇完」這三個字。

至於病毒危機，這種設定太過離譜，猶如一本言情小說寫得好好的，突然換一位寫靈異驚悚的作者來代筆，對讀者而言，不能算是超展開，更像是在惡搞……

謝律師釋放病毒這件事，別說是解決的辦法，我連是怎麼開始的都不知道。想要拯救大家，不對，算了，就當作我想要拯救自己，但即便是出自這樣子自私的動機，頹廢的無力感還有深深的內疚感卻無法減輕。

回到宴會廳，一樣是鬧哄哄的，舞台上有一對男女對唱著老調的情歌，大部分客人都不在座位，大家圍成一圈圈喝酒聊天，其中夾雜著各種黑話與髒話，音量之高，我都分不出是在吵架還是在說笑。

對了，我與史琳之所以還沒有離開，是因爲這邊故事還沒有結束，出現了很不可思議的人物……芬芬眞的來了。

摯友重逢，之前放的那些狠話，說永遠不見的毒誓，都隨著兩人的眼淚化消淡去，從頭到尾都牽著手，芬芬一來直接就變成了沒穿禮服的伴娘。

她有認出我們，卻沒有說破，爲過往留一些情面。

婚宴的流程隨著歡快的氣氛到了最末，新郎早就醉倒在地，上半身的衣服都被扒光，新娘太忙滴酒未沾，顯得特別亢奮，情緒上相當激動，嘴上巴拉巴拉地說個不停，而且有一大半是跟芬芬對話。

我想芬芬如果已經徹底放下，得知歐陽的最終路途，不再去沉迷虛無縹緲的神明傳說，就會變成十分好的人，帶點幽默和自身獨特的溫柔，是非常棒的人格特質。

一場婚宴的最後一步就是送客，新娘會換一套新的衣服站在門前，與所有的來賓合照，並且致上誠摯的感謝。

我看差不多了，拍拍史琳的肩膀準備離開，可是眼角餘光卻瞄到站在主桌旁的芬芬正在對我招手……

應該再早個三分鐘走的，現在如果再裝作不認識，就好像是被抓包的婚宴蟑螂，欲蓋彌彰，作賊心虛。

我和史琳硬著頭皮走過去，心中已經準備好兩百種以上開脫的說辭。

從表情上看起來芬芬沒有要刁難的意思，微笑地說：「這位就是剛剛跟妳說到，幫助我……」

「不好意思稍等。」翠杉皺起了雙眉，接過旁邊伴娘遞來的手機，歉然道：「這電話鈴聲，是醫院的緊急來電。」

很突兀的事情，畢竟在結婚之日，還有工作上的急事，本身就很奇怪，可是我看周遭的人都不以爲意，很配合地壓低聲量說話。

芬芬見我一臉茫然，低聲道：「她在一家很高級的私人醫院擔任護理長，他們通常都是照顧一些政商名流，常常有大明星或是大老闆來住院接受治療，特殊的狀況就比較多，不要介意，等她一會。」

可能是現場的伴奏太大聲，也可能是難得結婚情緒比較高亢，翠杉並沒有刻意放輕音量，不解地急問：「謝雨琦又送回來了？」

嗯？謝雨琦？好熟悉的名字。

大概是因爲翠杉的語氣不妙，周圍的說話聲漸漸停歇。

「這次狀況這麼嚴重？」

謝雨琦是誰啊？

相當耳熟。

我一定知道這個人是誰……

「我懂，不過張主任，醫院也不能因爲病患家屬要求就……」

病患家屬？

這麼大官威，還能指定醫護人員？

「我今日大婚，張主任禮到人沒到就已經很讓人失望，居然還叫我去上班，我老公要是聽到這種……這種……」翠杉開始東張西望，最後看見丈夫倒在舞台旁邊，醉得不省人事的模樣，「好吧，一個小時內回去。」

等等等等等，我知道了，我想起來了！

「謝雨琦就是謝律師的女兒啊！」我大聲疾呼，隨後雙手掩嘴，全身都起雞皮疙瘩。

所有人轉過頭來看我，同時被所有視線瞄準的感覺太糟糕了。

「哈哈哈哈哈！妙，眞的是太妙了！」我身後傳來非常熟悉的爽朗大笑，「一直以來我都覺得很奇怪，怎麼到哪裡都有你。」

等等等等等等，這個人的說話聲音也好熟悉！

我顫抖地慢慢回過頭，心中最不妙的猜想就此實現。

是旗老，坐在主桌，身旁還有一位老者。

我的身體像是被一道雷霆劈中。

一切的環節通通串了起來，翠杉的丈夫過去是流氓，現在就在砂石場上班，支持感謝的董事長，八成就是指旗老……不，我肯定百分之百是旗老，因爲所有混雜的因果，終究會纏繞在一起。

是我不小心說出口的一句話，讓旗老得知謝律師女兒的下落，如此一來，平衡會被打破，畢竟謝雨琦是謝律師最大的弱點——

難怪無論死神如何預測，謝雨琦都是必死無疑啊……

如果因果是一輛列車，就會在這一秒鐘開始加速徹底狂奔，而且沒有任何的煞車系統，直到車毀人亡爲止。

「小朋友……」旗老眼泛凶光，笑得令我感到不適，「連謝律師的女兒都知道，呵呵，不來我的招待所泡個茶，怎麼好意思呢？」

旁邊的所有人，除了史琳以外，都以爲我跟旗老認識，笑臉盈盈地看著我們，完全不懂現在是生死一線，隨時喜事變喪事。

「這就不用了，我是恆森哥的朋友，就先告辭……」我後退好幾步，拱拱手，直接拉起史琳的手，「最後祝新人永浴愛河、白頭偕老。」

就算是身後的翠杉、芬芬要我多留片刻，我直接當自己暫時性耳聾，頭也不回飛快地往場外走。

旗老已經拿出手機，撥通電話……

□

只要不是植物人，一定能感受得到有一群黑衣人正在圍捕我們，尤其是前往停車場的方向早就有人守株待兔，要不是我反其道而行，放棄史琳的車，趕緊從飯店側門離開，或許我們早就被逮到。

他們是流氓但不是白痴，遑論故事中一直提到旗老有一支祕密的菁英打手，知道我們靠雙腳必定走不遠，附近的捷運站是我們唯一的依靠。

他們的動作快得不可思議，當我們的車廂緩緩出站，黑衣人已經站在月台露出不懷好意的笑容，如果一班車五分鐘來計算，我們只有五分鐘的時間可以逃。

問題是要逃去哪？

我拉著手拉環大口大口地喘著氣，史琳的狀況沒比我好多少，看來神明只要進入塵世，身軀便與凡人無異的敘述是眞的。

「怎、怎麼辦？」我的額頭頂在自己的手背上，充滿走投無路之感。

史琳抹掉脖子的汗，喘氣問：「我們爲什麼要逃？」

「廢話，被這群流氓抓到，最後的下場就跟必穩一樣。」

「我在塵世受傷的話，不知道會怎麼樣……」

「會死，跟人類相同。如果有神明可以把妳拉回神明的世界，看能不能順便拉我一把。」

「不能，這我很肯定。」

「唉，等等千萬不要下車，我們繼續隨著捷運移動，就可以永遠領先他們一站的距離。」

「要在這段時間想出逃命的法子嗎？」

「沒錯。」

「有警察局吧？」

「看過故事就知道，找警察就是在賭運氣，不知道有多少人民保母已經被這些黑道、白道收買。」

尤其是旗老這個等級，沒有對官員行賄才有鬼。

史琳的呼吸稍作平復，腦袋清楚之後認可我說的。

「妳有沒有什麼認識的人，可以借我們躲一躲？」

「沒有，畢竟我們不屬於塵世，人際關係都刻意降到最低。」

「說的也是……」我苦惱地抓抓臉頰，「目前黑衣人定會分成兩個部分，第一個部分是搭著捷運追我們，然後每一個站放一個人下車搜索，第二部分就是開車沿著捷運線走，就等我們下車出站。」

「那這樣子我們根本無處可逃。」史琳做出一個精確的結論。

很麻煩，就算我們不下車，等到捷運駛到終點站，一樣會被逼下車；然而我們途中隨機找一站下，只要一出站就有風險，即便用躲貓貓戰術，龜縮在捷運站找個角落躲起來，也遲早會被黑衣人搜索到。

「不要擔心，我想想看有沒有什麼朋友可以投靠……」我低頭沉思。

「好的，就麻煩你了。」

我很快就給出答案，坦白道：「沒有，我根本沒有朋友。」

「這已經不是搞笑的時候。」

「沒有搞笑，我很認眞。」

「人生在世，即便沒有朋友，總有家人可以依靠。」

「……」

「按照常理來判斷，你總不可能是石頭裡蹦出來的吧？」

我當然不可能是從石頭裡蹦出來的，可是問題在於多年未聯絡的家人，早就遭到潛意識直接排除，壓根就沒想過這個選項。

我一臉為難……

「都這個時候了。」史琳的語氣依然很平淡，內容卻有了起伏，「我不想成為第一位死在流氓手上的死神見習。」

「我的確是有個辦法……」

「那就好。」

「而且還是個近乎完美的辦法……」

我姊姊就住在「捷運共構宅」，顧名思義就是跟捷運站蓋在一起的住宅，通常是在捷運站的正上方，只要搭電梯就可以抵達了。

也就是說，只要我們出了車廂，五分鐘內就可以到達我姊姊家。

可是、可是，這麼久沒聯絡，突然出現的話，會不會造成姊姊的困擾？

從小到大我們的感情就算不上親密，尤其她考上公務員之後就搬出家，一直以來就只有過年過節會見到，等到我靠寫小說維生獨立生活，就沒有再碰過面了。

「那更好，走吧。」史琳輕輕地笑。

我無法拒絕這樣的笑容，指示道：「四個站後，下車。」

就算被白眼也是無可奈何，我就算是死纏爛打亦要在姊姊家躲過這一劫，等到旗老放棄搜索爲止。

四個站不過是二十分鐘左右，我刻意混入人群中帶她下車，一路低調疾行，彷彿是趕著要回家的上班族，視線中只要有人身穿黑衣，就盡量避開，所幸一直到住戶專用的電梯前，都沒有遇上危險。

還記得姊姊的住址，我按下對講機，讓臉擺在視訊鏡頭前。

爲了住戶安全，這電梯需要指紋跟晶片卡才有辦法搭乘，也就是說如果姊姊不願意，我沒其他的……咦？電梯門開了。

我跟史琳一同進入，門關閉，自動上升前往指定樓層，應該是住戶使用訪客模式，能夠控制電梯停下的樓層。

電梯門一開。

姊弟的久別重逢。

根本什麼話都來不及說，姊姊一巴掌就往我的頭拍下去，很痛，她用了全力。

「你這傢伙到處跑去哪！」姊姊又拍了一下，「我這麼多同事找一個人，居然沒人找得到，你是躲去什麼鬼地方？」

「我不知道啊……」我眞的不知道。

姊姊苦惱地說：「因爲災情的關係，醫院通知病患轉院，我們把你推到院外，等著上救護車，僅僅是回頭去取個東西，你就突然消失不見……後來大量災民闖入，我們也只能被迫撤離。」

「喔原來是這樣。」

「不要給我一副事不關己的樣子。」

姊姊一直以來給我的印象，都像那種很兇的國小老師，盯著學生一舉一動，連指甲長得太長，都會被打手心。

沒想到……

沒想到現在……

啊其實現在也是一樣。

□

「你這段時間到底跑去哪裡？」

面對姊姊的質問，我不可能老實回答。

不過從小我說謊很容易就被她識破，要想瞞過她，必然得八分是真、兩分是假……

「我們同居了。」史琳舉手道。

現場氣氛準備凍結。

「原來如此，那你們也應該打電話跟我說一聲啊。」姊姊居然相信了，態度和緩許多。

「他有腦震盪的症狀，我當時日夜不分地照顧。疏於聯繫深感抱歉。」

「不，是我不對，眞是辛苦妳了，弟妹。」

喂喂喂，妳們到底有完沒完？

姊姊其實變化不大，居家的寬鬆服飾，雙肩繞著一件圍巾，頭髮側向左邊從胸口流洩，雙眼間有藏不住的疲態，有幾條皺紋開始顯現，難道是因爲在擔心我嗎？

「我去整理房間，瞧你們滿身大汗，等等洗個澡再去休息吧。」姊姊沒有繼續追問下去，在走向客房的路途中，忽然停下腳步回頭交代，「隔壁房間還住著一位客人，我們盡量小聲點。」

她沒有說清楚客人是誰，我也不會打破砂鍋問到底，畢竟多年沒見，姊姊有個曖昧的對象帶回家裡，是很正常的事。

透過蓮蓬頭的熱水，我得到一段讓大腦冷卻的時間，稍稍整理目前的狀況……旗老想抓住我們，應該是沒有機會了，這棟樓住著幾十戶，他們就算知道我在這站下車，也不可能一戶一戶搜索。

比較糟糕的問題是，小雨的確切行蹤已經被掌握，旗老不會錯過這麼好的機會，將女兒的命握在手中，逼父親只能乖乖低頭。

依小雨目前孱弱的病體，在被擄走的途中恐怕就凶多吉少，謝律師極可能會因此衝到水泥廠去釋放生化武器，讓所有人一同陪葬。

最好的方式是通知謝律師快將小雨撤走，不過，失去了必穩，我根本沒有聯絡管道……

還有一個方法，我親身前去醫院通知。先不說這算不算是一種另類的羊入虎口，但時間上只要抓在旗老的人抵達之前，理論上的確有機會安然逃脫。

洗好澡，我趕緊用手機查詢翠杉任職的醫院，意外的是，這家服務上流權貴的私人醫院，因爲響應政府的號召，所以一樓全面開放義診。

豈不是給那些流氓有了更好滲透的機會？

不過這有一個好處，現在爲了防止災民不受控制，現場都有警察的檢查站。醫院並不遠，就是幾站的距離，當然現在不適合再搭捷運，如果我坐計程車的話，二十分鐘內可以到達。

不確定可以碰上謝律師，可是我搬出旗老的名號，當場大吵大鬧放話威脅，謝律師不可能收不到消息，一定會在最短的時間內轉移小雨。

至於我會不會馬上被警察逮捕，或者是被黑衣人抓到，這些風險跟病毒爆發比起來，屬於還能承受的範圍。

等等可能要被姊姊拷問了，我剛剛搪塞的藉口不可能瞞得過她，得趁史琳進來洗澡的時候，直接抓準時機偷偷出門。

「換妳了。」我打開浴室的門，頭髮還在滴水。

眼前的女子不是史琳，當然也沒有輕小說才會出現的我沒穿衣服，或她正在脫衣服之類的經典場景，我們只是很尷尬地對看了一眼，彼此側過身交錯。

這就是姊姊說的房客吧？

我們應該是第一次見面，她的臉好臭，好像我欠了幾百、幾千萬的樣子，挺沒有禮貌。

姊姊的朋友自然不是我能置喙，加速用毛巾把頭髮擦乾……可惜姊姊這個時候突然從房間走過來，即使我刻意躲避掉她的眼神，盡量壓抑心虛的表情，但她沒有要放棄的意思，腳步越走越快，離我越來越近。

最終與我擦肩而過，敲了敲浴室的門，輕聲說：「等等到我房間來，有新消息跟妳說。」

原來不是找我的，但我心中頓生疑竇，這不尋常的氣氛是怎麼回事？

大概是我近期遇見太多驚奇的轉折，變得有些疑神疑鬼，目前接收到的就是一張臭臉跟一句話，並無特殊之處，沒必要想得太多，現在最重要的是趕去醫院，破壞旗老的如意算盤。

「妳不能再繼續自責了，必安。」

當姊姊說出這個名字，我手中的毛巾落在地上。

必安？

必安！

「必安……」

我輕聲說出這個名字，故事中的文字瞬間建構出一段又一段的畫面……

早年喪母，照顧弟弟長大的姊姊。

同情大傻，最終與其相戀的女孩。

爲了賺錢，在地下室肢解死者的滅屍人。

同歸於盡，要讓謝律師付出代價的復仇者。

先前我曾經遠遠地看過她，對照起站在早餐店煎台前的女人，果然這張臭臉還是一樣沒變。

我低著頭，慢慢往大門方向走，身體接收到大腦三分鐘前的指示，要前往醫院去阻止旗老，雖然見到了必安，也不代表這個指示會被覆蓋、前去醫院的動機會消除。

然而……當我想到一個關鍵的問題時，大腦的念頭終於覆蓋了原先的指示，雙腳立即釘在地板上。

以目前的現實來說，早就跟故事後期的敘述相差甚遠，或許必穩的下場還是很糟，但必安應該沒有誤以爲大傻死去，導致情緒上徹底崩潰，再引發後續的事件。

那，爲什麼必安會認識姊姊？

沒道理啊。

姊姊根本就沒有出現在故事中，是因為我的介入干涉，才將姊姊牽扯進來？

不對，她們顯然很熟。

「姊……妳是公務人員對吧？」我扭過頭問，左眼皮狂跳。

姊姊沒有再逼迫必安回應，苦笑著對我說：「對呀，連自己姊姊的工作都忘記，你是不是傷到的頭還沒復元啊？」

「是、是警察嗎？」

「喔……我沒跟你說過？」

「在什麼單位？」

「……」

姊姊沒有回答，好奇地上下打量著我，這樣的眼神令我感到不妙。

情況已經從混亂，逐漸變成無法逃脫的因果之環。

「姊姊服務的單位比較特別，不適合讓你知道。」

這是一貫的標準說辭，對姊姊的猜測已經完全符合我心中的猜想。

天庭找上我是有原因的，原來我早就身處這個因果之中，是環節的一部分……

「刑偵總隊……特別行動組，副組長……」我顫聲道。

姊姊早就在故事內，是我愚蠢沒有發覺。

當天庭說我是第四百七十二號遭到感染的病患，也是第三百九十一位罹難者……就應該想到的啊，我離傳染源非常接近。

大傻傳染給姊姊，姊姊再傳染給我，然後我會孤伶伶地死在急診室外臨時搭建的急救棚。

「……你怎麼知道的？」姊姊表情馬上變得鋒利起來，所謂的血緣關係也會被這一道尖銳的眼神割捨掉。

「……」

「這牽扯到很多危險的機密，你要說清楚。」

「……」

「聽見沒有！」

這一聲大喊，讓必安打開浴室的門，探出頭觀察究竟發生何事；史琳抱著衣物從房間走出來，關心我們姊弟的狀況，她們動作不一，不過困惑相同。

湧上來的是深深的無力感……

爲什麼會演變成這樣？

身爲一位創作者，我很清楚目前的發展已經是很標準、很圓滿的故事……財神給一個任務，我順利解決芬芬的魔化；窮神再給一個任務，我找到事件的眞相；再來愛神給我任務、死神給我任務，只要盡了人事，天命就與我無關。

萬萬沒想到，災厄又兜回我的身上……根本沒有改變……

直視著姊姊著急的模樣，無法想像她未來感染臥病時會有多麼痛苦。

既然如此，我這一路……究竟是爲了什麼？

「這不是在跟你開玩笑，不僅僅是法律問題，甚至牽涉到你跟女友的人身安全。」姊姊控制了情緒，可是沒有放軟。

「……」

「你到底是怎麼知道？」

「夠了！」我大吼著，忍住眼淚。

「你……」

「給我聽好，只說一次。」我不顧一切地說：「謝律師的公事包中，裝有足以帶來末日的生化武器，引爆點是謝雨琦的死，而此時此刻，旗老大概在調兵遣將，準備攻入醫院擄走謝律師最大的軟肋，得到統治大半地下世界的權柄。」

「……」姊姊陷入嚴重的混亂，因爲我說的這些名詞她一定都聽過。

「謝雨琦一定會死，能做的頂多就是想盡辦法延長這個時程，所以我現在就要去醫院，看有沒有見縫插針的機會，讓旗老下不了手。」

「你怎麼會知道這些……」姊姊跟著激動起來。

「信和不信都沒關係，不在乎了，反正我要出門，把我該做的事情做個了結，之後這個世界會如何，隨意。」

「等等，先告訴我爲什麼你會知道謝雨琦會死！」

我冷笑幾聲，單指指向地下。

「死神，說的。」

並不奢望姊姊會相信，我沒有能力讓她相信，現在掛在我臉上的笑容，一定比哭泣還要醜陋。

「再等等！」

「……」

「讓我打兩通電話。」

姊姊握住我的手，無法分辨究竟是她還是我在發抖。

□

到達翠杉服務的醫院，狀況跟網路上搜尋到的差不多。

這一看就是名家設計，內部的裝潢與裝飾會令人感到特別的溫和與安詳，來降低病人到院時的恐懼與不安，擺了特別多的現代藝術品以及綠色的植物植栽，連牆的轉角都特地修得圓潤，免得走不穩的病人因碰撞受傷，不過種種的精心安排，當醫院一樓塞滿了人，便不再有任何效果。

災民依舊大量地擁入，輻射的損害相較於其他是比較慢性的，可是對人類來說心理的陰影卻無比巨大，導致許多人感到頭暈、反胃或皮膚起紅斑，就以爲自己已經被污染，事實上這不過是人體常見的老毛病而已。

無奈的是，再怎麼宣導都沒有用，否則就不會有眼前的盛況。

再來這種平時不對外開放的私人醫院，還給人一種醫術特別高明的印象，導致擠進來的病患更多，要不是有警察維護秩序，兩片巨大的玻璃門早就被擠爆。

我與姊姊在大廳，想找一個行政人員詢問怎麼去病房區都沒有機會，無論是誰都忙成一團。

姊姊會跟來，與其說是相信我，反而更像是「我弟弟的精神狀況出問題，基於姊姊的職責，必須跟在旁邊照顧」。無所謂，從頭到尾我都不奢望有人相信。

依然不得其門而入，當我在懷疑是不是根本就進不去病房區的時候，醫院的入口處傳來許多叫罵聲，十幾位黑衣人大叫著自己肚子痛須要掛急診，守在門前的警察神情無奈，做一個簡單的搜身，金屬探測器檢測後沒問題，就讓他們領掛號單。

旗老杵著拐杖，居然也親自到了……

姊姊的表情顯得非常動搖，我趕緊將她拉入人群之中隱沒，免得被黑衣人發現，幸好這醫院大廳足以容納數百人，要注意一對刻意低調的姊弟很難。

「人還眞多啊。」旗老沒有要控制音量的意思，一樣囂張與自大，「要不是我要親自迎接謝律師最寶貝的女兒，這種地方眞是髒了我的木屐鞋底。」

「怎麼可能有這種事……」姊姊雙目圓睜，喃喃自語。

「時間有限，我們不能困在這裡。」我只想到整排的電梯，「病房一定是設在較高的樓層。」

「電梯應該都鎖起來，要走樓梯，基於消防安全，醫院不能鎖。」

「有道理。」

我們一起找到逃生梯入口，果然門一推開便能順利進入，二、三樓都是屬於檢測區，有開放民眾照X光、斷層掃描之類的檢測，再上去就是病房區了，是以科目不同分層。

「哪一樓？是不是胸腔科？」

姊姊果然知道小雨在房間點火自盡、傷到肺部的事。

我搖搖頭道：「一定是在最上層的特別病房。」

一路來到最高樓層，沒想到消防法規的效力還是影響不到上流社會，特製的金屬門上頭有智慧電子鎖，隔絕對外的聯繫。

不覺得這種門擋得住旗老，但擋住我們綽綽有餘……

「估計最好的ＶＶＶＩＰ病房也設在這。」我頭疼了。

姊姊沉著臉不發一語，可能是在盤算自己是否有門路可以解決目前的窘境。黑衣人遲早也會尋到這個地方，如果在樓梯間狹路相逢，我們會非常危險。

她嘗試性地敲了敲門，我想吐槽說裡頭絕對不會有人說歡迎光臨，結果出乎意料，真的有一名護士恰好開門出來，可能是想去樓下，卻懶得等電梯。

「妳好，我是警察。」姊姊拿出隨身攜帶的證件，「不好意思，我必須找你們的主管。」

護士先是愣住，隨後想要關門，但姊姊更快一步，帶著我側身進入，護士在後面大喊著「你們不可以進去」，來不及阻止我們，沒有任何效果。

看到外人闖入，幾名醫護人員圍上來，不客氣地表示希望我們離開，然而姊姊仗著手上的證件打死不退，這看似有道理，實則有些底氣不足，畢竟警察本來就不是任何地方都能自由進出。

不過鬧大，本來就是我想要的。

這層的裝潢又完全不同，更加華貴，放眼望去，全木質打造，連地板皆是鋪木片再進行拋光打亮。掛在護理站上方的巨大水晶燈閃閃發光，害我以為來到什麼中古世紀的豪華城堡，要不是醫生與護理師都身著白衣，說這是五星級飯店我也相信。

ＶＩＰ特別病房的床位不多，一個房間一個床位，目測十間左右，走道最深處，有間病房門牌上面沒有任何號碼，直覺告訴我這就是先前猜測的ＶＶＶＩＰ病房。

「我想要查一名病患的資料，謝雨琦。」姊姊對著醫生喊。

「抱歉，我們每一名病患都受到隱私權的保護，不是妳說想查就查。」

「事關緊急，請配合調查。」

「妳非法闖入，我們無法配合。」

「事有輕重緩急，你們要懂得變通。」

「要我們配合很簡單，檢察官同意就可以，妳有得到許可嗎？」

「事關人命，事後再補。」

「妳在這鬧事對病人才有危險，再不走的話我們會報警。」

「我就是警察。」

這就是姊姊不相信我的下場，根本就沒有準備，而我也的確想得太天眞了，還以爲單槍匹馬能夠改變什麼，光那道門都無法通過，更別說見到謝律師。

姊姊與醫生唇槍舌戰，時間漸漸地被拖延殆盡，等到電梯叮一聲開啓，所有人都知道大事不妙。

六名黑衣人拖著一個醫生出來，手中全部拿著就地取材的武器，像是點滴架、拐杖、桌腳或椅腳。

電梯門再度關上，準備下去一樓接更多的人。在場的黑衣人直接開始砸護理站，所有人的手腳被捆綁跪在走道兩側，剛剛阻止姊姊的醫生又一次挺身而出，不過這回被打得七暈八素，左手應該是斷了，倒在地上失去意識。

「都不要亂動，手不准給我放到口袋去碰手機，操你媽，聽見沒有？」

我相信面對黑衣人這樣的指示，在場的醫護人員一定很茫然，這不像是尋常的醫療暴力，更像是銀行搶匪，離奇的是，這裡是病房，連鈔票都沒幾張。

「謝雨琦住在哪間病房？說！是都啞巴啊！」

電梯門第二次開啟，旗老果不其然率先而出，教訓道：「你這什麼口氣？要對我們辛苦的醫務人員客氣一些，要找人不會自己去找嗎？沒有腳是不是！」

黑衣人用整齊劃一的鞠躬回應旗老的詢問。

我低下頭，臉幾乎貼到地板，就是害怕被認出來，姊姊沒有這層顧慮，傲然地挺直胸膛，身上的證件不允許她卑躬屈膝。

無論是金四角還是旗老，必定都在刑偵總隊長期監視的名單中，這些壞人之所以還能逍遙法外，除了目前找不到證據外，就是政治力量的介入，姊姊當然不會甘心。

「喂，你這傢伙居然比我還早到啊？」旗老走過來用屐底撥了撥我的頭，「先前派了兩隊人馬找你卻一無所獲，現在又在這碰見你，這真的算是一種命運的安排，哈哈哈。」

「放開你的腳！」姊姊極爲憤怒。

「妳又是哪位？」

「警察。」

「喔喔喔，哪一個分局？這附近的分局長我都很熟，常常一起喝酒吃飯。」

「刑偵總隊。」

旗老些微停頓了零點五秒，才拍手道：「有意思，這下有意思了，表示謝律師的女兒眞的在這。」

黑衣人們開始蠢蠢欲動——

「等等所有手機、電腦、攝影機全部給我砸掉，不准留下任何影像。」旗老非常清楚刑偵總隊背後代表的意義，傳說中擁有一群特殊警察的組織，任誰都要小心應對。

「「「「「「是。」」」」」」

病房區最主要的兩個進出口，電梯跟大門都被兩名黑衣人擋住，其餘的開始狂砸電子產品，好像連血壓計都會錄音似的，草木皆兵，寧可錯殺一百，不可錯放一台。

其實爲了保護上流階級人士的隱私權，我觀察過，根本就沒有什麼攝影機或影像記錄。

黑衣人正在收每一位醫護人員的手機……

這個尷尬又悲哀的時刻，逃生梯門口突然有人探頭探腦，立刻被把守的黑衣人發現，怒喝道：「看什麼看？這裡關閉了，馬上滾！」

「啊不是，我想要找個人。」這男人完全沒搞清楚狀況，嬉皮笑臉地擠了進來。

「操，我不是跟你說沒有開放探……」

沒有說完，男人的右手已經抓住黑衣人的頭，猛烈往門板撞下去，黑衣人意識瞬間被奪走，在雙腿軟倒之前，他的頭又被送到了兩張門板中間，逃生梯的門被砰一聲大力關上，頭椎斷裂的聲響同時出現。

「你是誰！」

黑衣人紛紛圍了上來，全數警戒。

「在早餐店打工的傻瓜。」

□

沒人知道在早餐店打工的傻瓜是誰。

但我知。

來的不只是大傻，還有一名全然陌生的男子，戴著黑色無標誌的鴨舌帽，臉部有著可怕的大面積傷疤，左耳只餘正常人的四分之一，走路一跛一跛的，雙眼灰黑陰沉，彷彿眼前的混亂都不值得多瞧一眼。

當地上倒著三名黑衣人，一名左手斷裂、一名昏厥過去、一名吐血乾咳，原本人多勢眾的囂張氣焰，開始產生奇異的質變，打算一擁而上的流氓，現在開始彬彬有禮了起來。

遺憾的是，老闆就在身後，不上也不行。

現實的打鬥跟電影演的武打片不一樣，大夥一起上其實很容易誤傷到自己人，大傻很聰明始終背靠著牆，杜絕掉身後被偷襲的風險，開始慢速地移動，一直到護理站爲止。

他拿起了一把醫用剪刀，開始比小說更離奇的表演。

左側黑衣人拿棍子凶悍地打來，大傻側過身閃掉，剪刀直接刺入對方的脖子，旋轉，拔出，血液如湧泉般噴濺，左半身染成猩紅色。

右側的黑衣人看傻了，額頭也沾到幾滴鮮血，還來不及抹掉，大傻一拳擊在他的脖子上，產生劇烈的咳嗽反應，剪刀立刻刺向他的胸口，短短的四秒鐘內，連續刺了十一下，紅色慢慢滲出布料之外，形成蓮藕似的圖案。

他們終於認知到，沒有槍是無法對付大傻的。

醫院大門口設置的金屬探測門，給了大傻一個所向無敵的機會，給了我一個見識天下無雙的可能……這太誇張了，我眼前的畫面。

還能夠用雙腳站立的黑衣人，只剩下四位，展現出來的氣質明顯與倒在地上的不同，他們始終護在旗老的身邊，是在我家跟著旗老一起出現過的貼身親兵，訓練有素的保鏢兼打手。

「拿下他。」

旗老給出指示，身邊兩位黑衣人一起前行，一左一右呈包圍之勢——

不再擔心被偷襲，大傻旋轉著手中的剪刀，發出亮晃晃的光芒，左路的黑衣人撿起同伴的木棍，右路的黑衣人撿起點滴架，直接折成兩段，斷口呈不規則狀的利刺。

這兩位黑衣人一定有訓練過配合的默契，左路的先上，一棒凌厲地敲下。大傻一如往常想要以挪動上半身的方式閃過，可是右路的點滴架立刻封住了這個空間，大傻不得不抬起左手硬接這一棒，全心全意閃掉來自右方的刺殺。

後退一步，拉開距離，大傻的眼神變得認眞，兩位黑衣人沒有給出喘息的時間，立即向前跨一步進攻，三人見招拆招，活生生的武打電影就在我眼前上演，快得目不暇接。

大傻的策略是專攻右路的對手，畢竟對方手上的武器太危險，自然左半邊就被揍得鼻青臉腫，頻頻出現危險場面。相對地，右路的黑衣人，手臂跟胸口被捅出了幾顆血洞，可惜都刺得不夠深，無法造成決定性的殺傷。

動作很快，體力的消耗也很快，喘息聲漸大，汗水與血液交織。

「時間！」旗老不耐煩地敲擊左腕上勞力士的錶面，大概是擔憂更多的警察到場支援。

休息換氣的時間到此爲止，黑衣人連袂再上，大傻採取的戰術還是一樣，八成力對付右路，兩成力防守左路。

持點滴架的黑衣人被壓迫得相當狼狽，身上傷口的數量不斷累積，一點一點的疼痛感會疊加成令人感到無比厭惡的煩躁，力道無法精準控制，動作變得更大，腦袋恐怕只剩下一個念頭「我要趕緊插死這個敵人」。

想了就做，右路的黑衣人大吼，直接往中路直刺，早就忘了要與戰友配合，變形且鋒利的斷面，筆直地往大傻的腹部刺去，左路的黑衣人連忙跟上，木棒斜敲……中途，木棒被大傻一手握住。

點滴架同時刺進去大傻左腹。

大傻咧開嘴，對著左路的黑衣人大笑。左路的黑衣人以爲自己不會被攻擊，疏於防備的下場，就是眼球直接被剪刀猛烈刺入。

慘叫聲衝擊所有人的耳朵。

放開剪刀，大傻手掌用力往剪刀指環重重一拍，半把剪刀沒入左路黑衣人的腦袋中。

慘叫聲戛然而止，所有人的耳朵都清靜了，也戰慄了。

得手的黑衣人錯愕地往後退一步，大概是覺得明明點滴架已經刺了進去，爲什麼對方還沒有倒，而且一臉亢奮的模樣，掩不住滿足的笑意。

大傻食指跟中指勾住剪刀的指環，往後一扯。透過反作用力，穿著黑色衣服的屍體後仰傾倒，刀刃上似乎還插著一個圓形的人體器官，我無法判斷，也不想判斷是不是眼球，總之他甩乾淨之後，將剪刀拋向我們這邊。

下一步，將點滴架拔出來，一道血流同時噴灑而出，大傻左手按住腹部傷口，右手甩了甩點滴架，像是在研究新到手的武器好不好用。

「喂，壞人們，一起來吧。」

無人敢接話。

「這樣的傷口很痛啊，早一點打完，我們一起去看醫生好不好？」

右路的黑衣人精神好像被逼到了極限，是背後旗老給的壓力，也有可能是來自面前的血人，反正不知道爲什麼，他突然爆起往前衝，完全沒有章法，如一種精神緊繃後的宣洩。

橄欖球擒抱的動作，意外有了效果，大傻被攔腰抱住，即使雙腳努力支撐不倒，依舊被硬推到撞上堅實的牆面。

大傻吐出了血，卻笑得更開心、更加喜悅，雙手高高地舉起點滴架，努力往下刺入黑衣人的脊椎。

「董事長，我建議先行離去。」旗老身邊的黑衣人勸道。

「門、門已經開了，還不快去！」大傻抬起頭，朝著天花板吶喊。

「……」戴著鴨舌帽的男子按下帽簷的手在顫抖，動容的表情沒有藏住。

「快去，還猶豫什麼？」

「你……沒事嗎？」

「這裡就是醫院，我當然沒事。」

「我很抱歉……」

「你能回來就夠了，現在說的，都太多餘。」

「那我去了。」戴著鴨舌帽的男子本來不太穩的腳步似乎變得比較堅定，一步一步慢慢往走道的最深處去，邁向那間沒有編號的病房。

旗老那邊只剩下三個人，大傻不倒下，他們不敢造次，我趕緊用剪刀把所有人的束縛剪開，這樣子雙方的人數瞬間逆轉，我們不再是比較弱勢的一方。

黑衣人不斷勸退旗老，畢竟明目張膽地擄人，本來就講究迅速得手再迅速撤退，如今時間拖得太長，遲早會有別科的醫務人員要來特別病房。

旗老的臉色鐵青，看起來還在猶豫。

我的目光轉向戴鴨舌帽的男子……

他是誰？

如此的形象，我沒有在故事中看過，可是看姊姊跟大傻的神情，此人絕對不是沒意義的路人。

心跳突然變得好快，近期這已經不是第一次發生，可能是我的直覺跟五感配搭在一起，產生出一種類似雷達的能力，或是身爲門童所特有的特殊技能，當然也可能什麼都不是，單純的神經質而已。

從我得到天庭所給的故事，親身經歷這麼多的事件，不敢說嘗遍了人生的酸甜苦辣，但我敢說至少承受了各種喜怒哀樂……按照這段時間累積的經驗來分析，因果並不是一條線，因果是一條線不斷交錯纏繞而成的團。

所以，不會有無關緊要的人，出現在這個關鍵時刻。

以一個小說寫手的角度來剖析，就算是創作的初學者，也不可能會犯下這種錯誤。

我不知道他是誰，但他很重要，必然很重要……

黑衣人看目前的態勢不妙，只差沒有直接左右架起旗老離開。旗老火冒三丈、咬牙切齒，估計他掌權之後，這二、三十年來都沒被這樣羞辱過，高官不行，黑道老大不行，眼前的大傻當然更不行。

我突然意識到，他不會退，退了他就不會是那個叱吒江湖，黑白兩道通吃，實際掌權金四角的旗老……

「大、大家小心！」我著急地破音喊道。

如同我的壞預感，旗老拿起拐杖，按下某個機關，杖端立即變成槍口，杖身同時變成槍管……我懂了，他刻意拿這類特殊改造槍枝，僞裝成老人家的拐杖，用輔具當成藉口，順利躲過金屬探測門。

「通通蹲下！」我扯開喉嚨。

旗老高高舉起槍，扣下扳機，屋頂的水晶燈馬上炸裂，撒下無數的閃亮碎片，像一場沒有狂風的暴雨。

所有人鴉雀無聲，像是硬生生被拆掉雙耳，雙眼接收的畫面開始變慢，時間似乎慢慢地停滯，醫護人員這輩子恐怕不曾如此近距離感受到熱兵器的威力，愣住。姊姊跟大傻則是因爲知道槍械帶來的後果，一時不敢過度動作。

戴鴨舌帽的男子停下腳步，巨大槍聲讓他回頭一看。

「操你媽，老子要的人，你也敢搶？」

旗老的槍口向下對準，鴨舌帽的男子成了靶，這不是恐嚇，那雙眉之間藏著狠戾，他一定會開槍，他這一秒就會開槍！

不行，我挪動雙腳，鴨舌帽的男子不能死。

不懂爲什麼，但他不能死。

我必須要跳出來阻止，像個不怕死的主角，挽救即將悲劇收場的發展，無論是電影、電視，還是小說，都需要一個這樣的人，拖延最關鍵的時間，跟最終大魔王好好談談，或許衝動的情緒過去，旗老冷靜下來以後會想清楚這一槍開下去將會面臨多大的代價……

「等一等！」我站在旗老和鴨舌帽的男子之間，舉起右手做手勢阻止，擠出這輩子最大的勇氣。

火光一閃。

砰，第二聲槍響。

什麼都沒看見。

我右手的中指與無名指被打碎。

子彈穿入我的喉嚨。

發不出聲音了，脖子像是裝滿液體的水球炸開，大量的血液噴濺在空氣中，彷彿一片矇朧的紅色濃霧，填滿我全部的視線。

□

史琳蹲在我面前。

「終於睡醒了。」

「我……怎麼會睡在這？」扭扭脖子，確實沒有落枕，我起身伸了一個懶腰，苦著臉說：「剛剛作了一個夢，眞的是最糟糕的那種發展。」

「糟不糟糕是由主觀判定。」

「算了，不想跟妳分享我的夢境。」

「沒關係。」

「啊……這裡是哪裡？醫院？」

「對。」

「誰的病房？」我打起精神，觀察眼前的門，上面沒有號碼，製作精細，看起來就價格不菲。

史琳直接推開門說：「謝律師的女兒。」

「太好了，終於找到了。」

我跟著進去，欣喜的表情維持不到一秒鐘，就瞧見病床邊站著一名戴著鴨舌帽的男子。

本來以為會被發現，可是沒有。

我屏氣凝神，大氣不敢一喘，這病房的面積，比我住過的任何房子都要大，除了基本的醫療設備以外，還有接待客人的地方，L形的沙發，純白色的地毯，後方廣闊的浴室，足以把整張病床推進去。

更誇張的，是病床的正前方，有一片大概三公尺乘六公尺的大型玻璃帷幕，病人只要調整電動床就可以看見整片無遮蔽的景色。

病房向來陰暗，這不會，陽光璀璨的。

光線貫穿進來，看不見點點反光的塵埃，室內空調皆有醫療級空氣濾淨的功能，發出近乎聽不到的運轉聲。

病床邊的機器久久會發出一聲電子音……其實一直在叫，只是我沒有特別注意。

史琳面無表情，我輕聲詢問「現在是什麼狀況」，她依舊面無表情。

我靠近病床，男子緊緊握著一根醫療用的塑膠管，管子的兩端分別接在病人的口與呼吸器，所謂命懸一線所提到的一線，估計就是這個管子吧。

耳邊傳來「叮」一聲。

我趕緊回頭一看，太扯了，原來這病房還有專屬電梯，另外獨立的進出通道。一位心急如焚的男人衝出來，這我認識，是謝律師，不過沒有上次見面時的沉穩與霸道，提著一個公事包，頭髮亂七八糟的，這是呼風喚雨的黑社會仲介者？不，就只是個父親。

「你做什麼！」謝律師厲聲道。

「對不起……」

「你、你……歸治平，竟然又來害我女兒？」

歸治平？根據故事的描述，他是警方的臥底，大傻苦尋不得的學弟，在同人場刻意接近謝雨琦，引誘對方產生感情，利用這個破口來得到謝律師的資訊。不過謝律師不是笨蛋，很快就讓司機動手處理掉，四肢被打斷，屍體是由必安負責銷毀。

謝律師凝視著女兒平靜的臉龐，渾身不停發抖，雙眼布滿血絲，深刻的恨意令我難忘，手中的公事包前後搖晃著，慢慢地被舉起。

「我唯一的親人，因爲你的關係……一而再、再而三……」

「你原本不只小雨一個親人。」

「你說什麼？」謝律師氣得眼尾都在抽動。

歸治平的眼眶含淚，淡淡地說：「小雨的姊姊與母親因交通事故身亡，經我們深入調查，這就是一場針對你的復仇事件，不要否認，你的心裡有底。」

「……你就是利用這件事，挑撥我們父女的關係。」

「我沒有告訴小雨。」

「不要在我面前說謊。」

「我不想再看她……更悲傷了。」歸治平沒有說謊，出現這種表情的人不會說謊。

「欺騙我女兒的敗類，膽敢叫我不要說謊。」謝律師肯定地說：「不知道你因何沒死，但我保證今日定要你償命。」

「是，欺騙小雨的我是敗類，失去工作、身體殘廢都是報應，我從不怨任何人。這些年我沒有一晚能夠眞正入睡，始終躲在一處隱密的地下室，一條爛命苟活著。」

「蟑螂，難怪我的訊息網找不到你。」

「副組長安排我到國外重新開始，但我走不了。」

「有先見之明很好，敢出現在機場，我就敢讓你死在飛機上。」

「是因爲小雨還在這裡。我不怕死，我常常想去死，企圖利用這種方法，減輕心中的內疚。」

「那你就直接去死啊。」

「不行，因爲小雨還在這裡。」

「你的廢話實在是太多了。」

「請讓我帶小雨走。」

「你說什麼？」

謝律師一開始還以爲是自己聽錯，表情很快從錯愕轉爲盛怒，如果手上有一把槍，恐怕有人身上要多出許多血洞。

「接到這個任務時，我心中是不太情願的，然而見到了小雨，那股情緒變得更加複雜……她就一個人坐在那裡，販售著自己精心拍攝的作品，非常客氣，對每個客人都有說有笑，等到人走了，她便擔心地調整自己的妝容，深怕沒有用最好的一面來面對客人。如此美麗的女孩，依然對外貌自卑，或許就是那個煩惱的神情，深深地吸引了我。」

「我不想聽你對我女兒不切實際的幻想。」

「我是臥底，可以隨心所欲地表演出她喜歡的那一面，所有愛好與興趣早就記錄在案，很快就取得了她的芳心。這情感確實是假的，不過這段時間的快樂全是眞的。」

「人渣，還敢在我面前說這些！」

「我甚至來不及對她坦誠，你女兒實在太聰明了，早就察覺到我日常生活中的破綻，可能是有時候我太開心得意忘形說露了什麼，或者我的動作舉止不像業餘的攝影師。但她一直沒有說破，直到你們要對我動手的事情被她偷聽到，小雨才心急如焚要我快跑。」

「你沒跑。」

「對，因爲小雨還在這裡。」歸治平遺憾地說：「事情來得太突然，我厚著臉皮請求她跟我一起走，我們可以經營一段眞實的感情。」

謝律師怒道：「滿口謊言的騙子。」

「這裡，我沒有說謊，小雨僅僅用了一秒鐘考慮，旋即遺憾地拒絕了我。」

「我女兒當然不會一再被你欺騙。」

「她說，我父親只剩下我這個唯一的親人。」歸治平頓了頓，繼續說：「就跟你一開始對我說的一模一樣。」

「……」謝律師的五官有些僵硬。

歸治平輕輕用指背撫摸小雨的臉，即便是如此愛憐的動作，也好像會弄傷了她。她的眼眶凹陷，瞳孔渙散無神，失焦地望著天花板，眼神不帶有任何意義。臉頰的肉也瘦得陷入口腔，只剩薄薄的一張皮，彷彿再更大力一些，就會磨破出血。皮膚是無生氣的灰白色，還有明顯的斑紋跟皺紋，看起來像四十歲，不，五十歲。薄被下的身軀，不必掀開也看得出來骨瘦如柴，長期沒有活動，肌肉早就全數萎縮。單靠著點滴跟液態食物，連脂肪都所剩無幾，所謂的皮包骨已經不再是誇大的形容詞。

此時的她，對比起在網路上小有人氣的小雨，不可能有人認得出來。

這還能算是活著的人嗎？我不禁產生這個疑問。

歸治平用著極為疼愛的動作，慢慢地扭開呼吸器的管子。

「你想做什麼！」謝律師距離病床其實不過五步的距離。

「殺死她。」歸治平抬起頭滿臉是淚。

「你敢！」

「她死了，也就自由了。」

呼吸器的警告聲瘋狂尖叫，歸治平終究還是動手拔掉了管子。謝律師眼睜睜地看著，青筋從額頭跟脖子冒出，雙眼布滿不甘心的血絲，嘴角滲出微微的血跡，看起來是準備要動手殺人。

「不要因爲我替你做了你本該做的事，而遷怒我。」歸治平的表情很平靜，唯獨眼淚一直沒有止住。

「毀了我女兒的人，還敢說我遷怒？」

「我理解你的想法，因爲我們承受的痛苦幾乎相同……」

「誰跟你他馬的相同！」

「我用了這麼多年的時間，渾渾噩噩，心如刀割，反覆折磨了自己之後，終於領悟自己該揹負的責任。」歸治平繼續說：「本想我們永遠不會再見了，可是一聽見旗老要折磨她，成爲威脅你的武器，我就不能再束手旁觀，讓可憐的小雨繼續受苦。」

「你居然……到現在還不放過我女兒！」謝律師的雙手緊緊握拳，指甲都刺進了肉內，從指縫滲出了血珠，如阿修羅般的面容沒有一絲改變，假設他的手上有一把槍，病床邊的男人早就變成蜂窩。

「沒有人會爲難吃盡苦頭的女孩，眞正沒放過她的，是執念，是你害怕孤獨的恐懼。」

「閉上你的狗嘴！」

「整個世界都願意給她祝福，唯有你，不肯饒了最愛你的女兒。」

「閉嘴閉嘴閉嘴閉嘴閉嘴閉嘴閉嘴閉嘴閉嘴閉嘴！」謝律師開始歇斯底里大喊。

即便到這種程度，謝律師的雙腿仍像是被釘在地上，我不禁開始懷疑，這一切正如同歸治平所描述的那樣。

謝律師很清楚，女兒脆弱的身軀離開呼吸器絕對支撐不了一分鐘，就算明知如此，卻依然沒有任何動作……

歸治平緩緩鬆開捏到變形的管子，呼吸器的警告聲只剩下一道尖銳的長音，螢幕上記錄心跳的畫面同步呈現一道直線。

「小雨，一路走好。」

站在病床另一邊的女孩，微微地笑了，如此灑脫的美麗。

一群警察破門而入，十幾把槍對準謝律師，威嚇的警告聲總算蓋過了歸治平的啜泣以及謝律師的咆哮。

我轉過頭看一下門外，優勢警力壓制住旗老一夥。地上躺著兩個失去意識的人，大傻的身邊有六名醫護人員正在搶救，另一個只有姊姊抱著，姊姊不顧旁人的安慰放聲大哭。

回過頭看向被包圍的謝律師，他已經打開了手中的公事包，無人知曉裡面收著毀滅世界的武器。

我心中風平浪靜。

一百零七位死神早就聯手預測過，小雨的死亡會導致其他人類的壽命減少，現在也不過是實現了預測罷了。

本來就是註定的悲劇。

根據故事的描述，謝律師之所以會釋放病毒，選擇同歸於盡這條路，是因爲「沒有意義」這簡單的四個字。

金銀財寶跟稱霸江湖，在失去唯一的親人之後通通變得沒有意義。要論財富，他一個人生活早就八輩子都花不完；要論權力，失去需要保護的女兒又有何用。

更別說是法律與道德……

「放棄抵抗，趴好。」、「趴好！不要挑戰公權力。」、「再動就開槍了！」、「好好配合，就不會有麻煩。」、「不要再動了！」、「停止所有動作，趴下！」、

「抗拒從嚴！」、「公事包裡面是什麼東西？還不放下！」特警隊的各種威嚇沒有停止。

不管怎樣的恐嚇，謝律師完全沒有注意，宛若天地之間只剩下自己、女兒，還有那台不斷發出噪音的呼吸器。

他的五官像一場戰爭，憤怒與悲傷不停地互相廝殺，只爲了能夠在臉龐顯示最眞實的情緒，卻意外變得格外猙獰，如惡魔一般地扭曲。

手已經在公事包裡面，不需要打開，他只要拿出來扔在地板上，就能讓憤怒與悲傷同時終結，當然也順便終結掉自己。

這能算是恨嗎？我越來越覺得這更像是一個人被掏空之後，空洞且無助的表現，謝律師或許比任何人都期待某個救贖出現。

可是沒有救贖啊，我一路走來反覆確認過，不會有平空出現的救贖。

唯有自己能救自己。

「如果小雨還能說話，也一定會希望你能好好活著。」

歸治平沒有加油添醋，因爲一旁的女孩正在輕輕點頭。

「你有什麼資格……代替、代替她說話……」

「你明明很清楚，小雨必定會這樣說的，用最溫柔的口吻。」

再也無法支撐，無論是物理還是心理的防線全被突破，謝律師跪倒在地上，匍匐在病床前大哭，那樣的悲鳴連特警隊都感到詫異，紛紛收起了武器，估計也沒想到擁有無數恐怖傳聞的黑社會魔頭，會哭得一把鼻涕一把眼淚。

我與史琳比較在意的還是那個足以毀滅世界的武器。

在彷彿永遠不會有終點的哭聲當中……

最終，謝律師還是放下了公事包。

放下。

我眞沒想到。

後記

從財神、窮神、愛神，再到死神……前面的故事我寫了，但死神與我的經歷，我不確定會不會有人繼續寫下去？

如果會的話，這個部分大概就是後記了吧。

我在公園，陌生的公園，肯定沒來過的公園。

周圍沒人，特別寂靜，灰濛濛的，給人一種如夢似幻的不眞實感，看不清楚是否有其他的遊戲設施，視線所及就是前方的三座鞦韆，大得特別出奇，我選擇中間坐下，兩手握住的鐵鍊比我的手臂還粗。

史琳來了，脫去醫生袍的她渾身內捲著無數的黑色光線，以一種極爲緩慢的速度在流動，這樣的黑色光芒，是死神以及神權的象徵，我忘記其專有名詞，總之很好看，莫名其妙的帥氣。

「最後了。」她說。

「嗯，最後了。」我輕輕地拍拍手，「恭喜，從見習升成正式的死神。」

「是我該多謝你，見證了一段生命的興衰，感悟許多，便有了死神的資格。」

「原來如此。」

「再感謝你成爲我第二個案子、第二份業績。」

「不客氣。」

「你似乎對死亡……特別平靜。」

「我也很意外。」

「既然沒什麼遺憾的話，那請看向前方，是不是有一道半開的門……」

「等等，先不要。」

我的身體隨著鞦韆前後晃動，仔細想想，的確是沒什麼遺憾，不過身爲小說作者總有職業病會發作，即便是親身經歷的過程，還是有太多我沒看清楚的地方。

需要一個眞相。

「用一本小說來比喻，我們不能讓主角死得不清不楚，然後就直接大喊一聲結局收尾，這樣讀者會上匿名討論區發文說這是糞作，順便咒罵作者祖宗十八代。」

「這麼嚴重啊。」

史琳皺著眉，坐到我右手邊的鞦韆，以與我相同的頻率晃盪。

我猜她想破頭，也不知道該如何描述這複雜的過程，乾脆由我來進行發問。

「一零七位死神的神權，有算到這個結局嗎？」

「只能說很模糊……大約能得知眾人的壽命，會隨著你的壽命長短而修正。實際上願意讓死神們賭一把的原因，還是你手中的故事，證明天庭早有介入，已經有了安排。」

「天庭的安排……」

「對，所以我與前輩刻意跟你接近，卻又相當擔心影響到你的自主意識，許多事情無法講得太清楚，很抱歉。」

「難怪你們跟當機一樣，不斷問我想怎麼做。」

「你的許多選擇屢次讓我們感到驚奇，從一開始的設計鬼哥、接近必穩與燦燦、跟旗老周旋、逼迫老魏不得帶走必穩、在醫院醒來核災爆發、救回痴迷的芬芬、確認窮神的內疚，最終……擋下了那顆子彈，給謝律師一個放下執念的機會。」

「小雨還是死了。」

「小雨唯有死在歸治平的手上，謝律師才能釋懷。」

「謝律師明明就這麼恨那傢伙……」

「其實他的理性知道這樣下去對女兒是一種漫長的折磨，歸治平讓他認知到了這個理性的存在。」

「眞神奇。」我慢慢將鞦韆緩了下来，「那歸治平怎麼會沒死？根據故事描述，謝律師識破他臥底的身分，司機將其四肢全部打斷，塞進桶子內送早餐店滅屍，怎麼又突然冒出來？這點透過當時必安的反應證實眞有其事，不會是司機胡扯。」

「歸治平得到小雨提醒便通知你姊此事，不是求援而是預告自己的下場，要隊內不必救援。這通知不過是短短的簡訊，上報之後，刑偵總隊也只能派人低調、盲目地打探，根本就沒有效果，最後還好你姊透過私人關係，追蹤到他的手機定位，在必安接手裝屍塑膠桶前掉包成功。很僥倖，他年輕力壯仍一息尚存，祕密送往醫院救治近半年，身體恢復大半。」史琳娓娓道來。

「就我姊一人執行，連大傻都不知道？」

「對，特偵總隊本身就不可能出手援助，這等於變相承認自己派人對懵懂的少女使用粉色陷阱，一旦引起民忿讓民意代表介入，後果不堪設想。再來，她也無法確認隊內沒被外人滲透，還不如自己隱密安排讓歸治平退休。」

「必安也說有收到屍體。」

「謝律師製造過這麼多斷手斷腳的屍體，她哪認得出來是誰……發現被掉包成豬肉之後還以為是僞裝用的眞食材。」

「有道理，姊姊挺了不起。」

比起我，姊姊向來是最優秀的那一個。

沒有什麼嫉妒之情，反而還覺得挺驕傲的，這種電影般的救援行動，居然單槍匹馬一個人搞定，值得寫成讓更多人看到的小說。

見我傻笑沒說話，史琳持續迎風擺盪，依舊平平淡淡地問：「還想知道什麼？」

「喔……我家人還好嗎？」

「挺好的，尤其是你姊姊，壽命直接延長了接近三倍。」

「那就好。」

我已經完全停止了鞦韆，雙腳踏踏實實地踩在地上，眼角餘光看見一團甜膩膩的粉紅色出現，仔細一瞧原來是愛神，這身上的粉紅色光芒，是所有小女孩都會驚呼「好可愛」的那種顏色。

不過她的臉滿臭的，完全沒有要跟我們打招呼的意思，逕自坐在我左手邊的鞦韆上，卻沒有要玩。

話說回來，愛神如今能夠坐在這，或許是偏離故事記錄最大的改動，否則她應該已經被是非門處決，散逸成無法目視的碎片。

這同時代表，死神的努力得到回報，扭轉了一名神明的悲劇。可惜老魏已經不在了，不然能夠再跟愛神一起工作個百年、千年，一定是很幸福的事吧。

「妳有什麼話想說嗎？」我禮貌地開口招呼。

「……」

「是非門有沒有帶給妳其他的麻煩？」

「……」

「好喔。」我欣慰地笑了幾聲。

「是時候該走了。」史琳直接從鞦韆一躍而下，來到我的面前。

我跟著緩緩地站起來，抬起頭，輕輕地問：「我是一名好的小說作者嗎？」

「不。」

「喔？」

「你是一個爛作者，但，是個好人。」史琳難得柔柔地笑了。

「連這種迷因都會玩啊。」我一步一步跟上了死神的腳步，「而且還玩得很不錯，值得鼓勵。」

我們兩個並肩走向那道門，好像都還有什麼話想說，只是我能說的都說完了，毫無遺憾地低著頭繼續往前走，走向那塊長方形的黑暗。

本來就不是擅長言語表達的史琳想了很久，最後冒出了這一句，算是替我這段不長不短的人生下了一個結論。

「避免這麼多的悲劇，在人生的最後，你圓滿了承諾，言出必行。」

「嗯。」

「你的悲劇，給了這世界一個好的結局。」

「謝謝。」

我滿意地一腳跨入門中，迎向全然純粹的黑暗。

一直沒吭聲的愛神站在鞦韆上，忽然對著我大聲呼喊。

「對不起！」

我對著她揮揮手，以相同的音量回覆道：「沒關係啦！」

眞的沒關係，塵歸塵、土歸土，危機解除了，我的家人還能活下去，其餘的，對於已經躺在棺材裡準備被推進去火化的人來說，埋怨、仇恨、遺憾都不再有意義。

正當我還想對愛神說些什麼，沒想到史琳拍了拍我的肩，睜大雙眼地問：「對了，有一個問題我一直忘記問你。」

「什麼啊？」就要被火化了，其實我也有點緊張，「我準備要說一些帥氣的話，不要打斷好不好？」

「那個……」

「那個什麼？」

「你也知道，我們死神最近恰好缺了一個名額……」

「……」

「天庭透過門來探問，不知道你有沒有興趣？」

「妳媽的怎麼不早說！」

《人間紀錄》系列完

Files of Human

人間紀錄

國家圖書館出版品預行編目資料

超幸福死神 / 林明亞 著.——初版.——
台北市：蓋亞文化，2022.05
面；　公分.
ISBN 978-986-319-648-8（平裝）

863.57　　111003347

ST028

超幸福死神 人間紀錄（完）

作　　者　林明亞
封面插畫　蚩尤
封面裝幀　莊謹銘
主　　編　黃致雲
總 編 輯　沈育如
發 行 人　陳常智
出 版 社　蓋亞文化有限公司
地址：台北市103大同區承德路二段75巷35號1樓
電話：02-2558-5438　　傳眞：02-2558-5439
電子信箱：gaea@gaeabooks.com.tw
投稿信箱：editor@gaeabooks.com.tw
郵撥帳號 19769541　戶名：蓋亞文化有限公司
法律顧問　宇達經貿法律事務所
總 經 銷　聯合發行股份有限公司
地址：新北市新店區寶橋路二三五巷六弄六號二樓
電話：02-2917-8022　　傳眞：02-2915-6275
港澳地區　一代匯集
地址：九龍旺角塘尾道64號龍駒企業大廈10樓B&D室
電話：+852-2783-8102　　傳眞：+852-2396-0050
初版一刷　2022年5月
定　　價　新台幣 320 元
Published and printed in Taiwan

ISBN 978-986-319-648-8

ST028
GAEA

超幸福死神

人間紀錄（完）

蓋亞文化　讀者迴響

感謝您在茫茫書海中選擇了蓋亞，您的支持是我們最大的動力。
不要缺席喔，讓我們一起乘著夢想的羽翼，穿越時空遨遊天地！

姓名： 性別：□男□女 出生日期： 年 月 日	
聯絡電話： 手機：	
學歷：□小學□國中□高中□大學□研究所 職業：	
E-mail： （請正確填寫）	
通訊地址：□□□	
本書購自： 縣市 書店	
何處得知本書消息：□逛書店□親友推薦□DM廣告□網路□雜誌報導	
是否購買過蓋亞其他書籍：□是，書名： □否，首次購買	
購買本書的動機是：□封面很吸引人□書名取得很讚□喜歡作者□價格便宜□其他	
是否參加過蓋亞所舉辦的活動：□有，參加過 場 □無，因爲	
喜歡出版社製作什麼樣的贈品：□書卡□文具用品□衣服□作者簽名□海報□無所謂□其他：	
您對本書的意見：◎內容／□滿意□尚可□待改進 ◎編輯／□滿意□尚可□待改進 ◎封面設計／□滿意□尚可□待改進 ◎定價／□滿意□尚可□待改進	
推薦好友，讓他們一起分享出版訊息，享有購書優惠 1.姓名： e-mail： 2.姓名： e-mail：	
其他建議：	

◎請沿虛線剪開、對摺、裝訂後寄出

◎請沿虛線剪開、對摺、裝訂後寄出

廣告回信 郵資免付
台北郵局登記證
台北廣字第00675號

GAEA

TO：蓋亞文化有限公司　收

103 台北市承德路二段75巷35號1樓

GAEA

GAEA